Charlotte

Per Doro

Progetto grafico di copertina: Johannes Wiebel, punchdesign (rielaborazione grafica da © Shutterstock)
Esecutivo copertina: Mia Bertelli

Titolo originale: *Charlottes Traumpferd 1*
© 2012 by Planet in Thienmann-Esslinger Verlag GmbH, Stuttgart
Testo: Nele Neuhaus

Traduzione: Sara Congregati
Redazione e impaginazione: Paola Fabris

www.giunti.it

© 2022 Giunti Editore S.p.A.
Via Bolognese 165 – 50139 Firenze – Italia
Via G.B. Pirelli 30 – 20124 Milano – Italia

Prima edizione: febbraio 2022
Quarta ristampa: gennaio 2023

Stampato presso Elcograf SpA, stabilimento di Cles

NELE NEUHAUS

Charlotte
Il cavallo dei sogni

Traduzione di Sara Congregati

VACANZE ESTIVE

Oggi era l'ultimo giorno di scuola prima delle vacanze estive. Di solito non vedevo l'ora che arrivasse, perché già immaginavo le quattro splendide settimane che avrei trascorso sulla costa atlantica francese, all'isola di Noirmoutier. Quest'anno, però, era tutto diverso. L'idea delle vacanze ormai alle porte non mi entusiasmava neanche un po', anzi, ero addirittura terrorizzata dalla prospettiva di non poter frequentare la scuderia così a lungo.

Quando, tre anni prima, ci eravamo trasferiti da Paderborn a Bad Soden, ero stata l'unica fra i miei fratelli a esserne felice, perché la nuova casa si trovava a neanche cinquanta metri da un circolo ippico. Il mio sogno si era finalmente realizzato, avevo iniziato a cavalcare, e da allora passavo ogni momento libero presso la scuderia. Il circolo, sul limitare del bosco di querce, era piuttosto piccolo e antiquato. C'erano quaranta box e un solo maneggio coperto che i pensionanti dovevano dividere con gli allievi della scuola di equitazione, perciò durante l'inverno lo spazio a disposizione per cavalcare era piuttosto ridotto. L'ora settimanale di lezione rappresentava indubbiamente il momento più atteso, ma anche in altre situazioni il divertimento non mancava. Io e i miei amici non ci curavamo più di tanto del fatto che i pensionanti si accorgevano a malapena di noi, ci piaceva comunque stare al circolo, e io da qualche mese avevo un motivo in più per passare lì buona parte del mio tempo. Questo motivo si chiamava Gento.

Gento era un castrone baio di nove anni che apparteneva al signor Lauterbach, un cavaliere della nostra federazione specializzato nel salto a ostacoli, e stava in uno dei box esterni: per me era il cavallo più straordinario del mondo. Purtroppo il signor Lauterbach non gli dedicava molte attenzioni, probabilmente perché era troppo impegnato nel suo lavoro in azienda. Mentre gli altri cavalli venivano accuditi e strigliati a dovere dai loro proprietari, non era così per Gento, che usciva dal box solo quando il signor Lauterbach decideva di fare una passeggiata con lui. Mi si stringeva il cuore ogni volta che vedevo quel povero animale con il pelo appiccicoso di sudore e gli zoccoli tutti sporchi, e inoltre mi sembrava che fosse sempre un po' triste. Forse sentiva la mancanza di qualcuno che lo strigliasse regolarmente e lo coccolasse. E io avrei tanto voluto essere quel qualcuno.

I nove cavalli della scuola della federazione venivano accuditi ogni mattina dagli inservienti, e ognuno di noi ragazzi aveva fra questi un suo preferito. Il mio era Liesbeth, una giumenta saura dal manto fulvo con una grande stella bianca, la coda e la criniera chiare, che potevo pulire il giovedì. I ragazzi più grandi, tutti presi dai "loro" cavalli, non di rado si dimenticavano di me, e allora sfumava l'opportunità di stare con Liesbeth.

Per settimane mi sono chiesta come riuscire a farmi affidare Gento. Che un'allieva di tredici anni rivolgesse la parola a un pensionante già infrangeva le regole non scritte della scuderia, e comunque ricevere un bel "no" come risposta sarebbe stato piuttosto probabile. Nonostante ciò, un bel giorno, presi il coraggio a quattro mani e chiesi al signor Lauterbach il permesso di occuparmi di Gento. L'uomo mi guardò con aria divertita.

«Io vengo alla scuderia tutti i pomeriggi» avevo esordito. «Abito proprio qui dietro l'angolo. E così ho pensato che potrei strigliare Gento tutti i giorni, e magari farlo anche pascolare, dato che lei ha così poco tempo libero».

Non gli confidai che viziavo Gento ormai da mesi dandogli mele e carote, e che lui mi nitriva quando mi vedeva arrivare.

«Mmm… E perché no?» aveva infine risposto il signor Lauterbach. «Io effettivamente sono sempre molto occupato. Però mi raccomando, è un cavallo di un certo valore, devi fare molta attenzione!»

Dalla felicità mi venne quasi un capogiro.

«Certo, certo…» avevo sussurrato.

Ero convinta che il signor Lauterbach mi avrebbe

deriso, perché sapevo che anche Stefan e Dani, i due ragazzi più esperti, lo avevano già interpellato per Gento, e all'epoca lui aveva rifiutato. Ed era andata persino meglio del previsto, perché il signor Lauterbach mi aveva pure dato la chiave del suo armadietto, dove c'era tutto l'occorrente per strigliare Gento. Avere un armadietto nel deposito principale della scuderia era un privilegio che veniva riservato solo ai proprietari dei cavalli.

Gli altri ragazzi, una volta saputa la cosa, non credevano ai loro orecchi, e solo quando realizzarono che Gento potevo strigliarlo ma non cavalcarlo misero da parte l'invidia che per un attimo avevano provato nei miei confronti.

Ero felice. Con parte della mia paghetta comprai il necessario per pulire il cavallo: spray per la coda e grasso per gli zoccoli. Mi procurai anche delle spazzole nuove perché quelle del signor Lauterbach erano praticamente inutilizzabili. E ogni mattina tornando da scuola, invece di filare dritta a casa, mi fermavo prima da Gento. Si trovava in un box esterno, per questo potevo fargli visita anche all'ora di pranzo, quando la scuderia era chiusa. Lo pulivo ogni giorno: ingrassavo e spazzolavo gli zoccoli, sistemavo per bene la coda e mi feci insegnare come strigliare la criniera. Almeno una volta alla settimana pulivo anche i finimenti, che erano in pessime condizioni. Lavavo poi per bene le mele e le carote, le tagliavo a pezzettini e condivo sempre le carote con un filo d'olio di semi di girasole, perché avevo sentito dire che rendeva il pelo più lucido. Portavo in giro il castrone baio, lo facevo pascolare o mi sedevo nel box a parlare con lui.

Se dovevo studiare, mi portavo dietro i libri e leggevo ad alta voce, e ben presto fu evidente che Gento mi aspettava.

Un pomeriggio incontrai il signor Lauterbach, che casualmente si trovava nella scuderia, e che mi lodò per come mi ero presa cura del suo cavallo.

«Gento non ha mai avuto un così bell'aspetto» disse facendomi arrossire di felicità. «L'hai proprio tirato a lucido!»

Di tanto in tanto Stefan e gli altri ragazzi mi prendevano in giro.

«Lauterbach ti sfrutta e basta» disse Stefan un pomeriggio mentre conducevo Gento, tenendolo per le briglie, su una stretta striscia di prato accanto al circuito di salto agli ostacoli, così da fargli asciugare al sole la coda appena lavata. «Se almeno ti lasciasse cavalcare in cambio dei tuoi servigi, potrei anche capirlo, ma così…»

L'idea di montare Gento non mi aveva mai sfiorata, nemmeno in sogno. Era un buon cavallo da competizione, mentre io, purtroppo, non ero granché come cavallerizza. Comunque le battutine di Stefan, Dani, Anike e gli altri non mi facevano né caldo né freddo. Io ero felice con Gento, e se i miei genitori non avessero preteso che tornassi a casa la sera, ci avrei persino dormito nel suo box.

Insomma, tutto procedeva per il meglio, tranne che per lo spettro dell'imminente vacanza in Francia!

Una volta scesa alla fermata del bus di Bad Soden, mi misi ad aspettare che scendesse pure mia sorella Cathrin, che aveva un anno meno di me, alla quale, proprio come ai miei fratelli Phil e Florian, di cavalli non importava proprio nulla. Ci volle un'eternità prima che Cathrin si congedasse dalle sue amiche del cuore fra mille moine. A un certo punto l'afferrai per un braccio e tentai di trascinarla via, mentre lei continuava a sbracciarsi per salutare le compagne di classe come se l'indomani avesse dovuto emigrare in America e non rivederle mai più.

«Mi porteresti a casa lo zaino?» le domandai. «Così arrivo prima alla scuderia e posso prenotarmi per un'ora di lezione».

Mia sorella si voltò e si fermò a riflettere qualche istante. A giudicare dall'espressione, stava macchinando qualcosa.

«Va bene» acconsentì. «Ma solo a patto di venire con te oggi pomeriggio».

La sua proposta non mi andava affatto a genio, e Cathrin lo sapeva benissimo. Non mi piaceva che mia sorella o i miei fratelli mi accompagnassero alla scuderia, e mi vergognavo moltissimo quando loro se ne uscivano con domande sciocche facendomi fare brutta figura. Ma oggi iniziavano le vacanze, e volli essere generosa. E poi probabilmente nel giro di poche ore Cathrin avrebbe cambiato idea: mia sorella, infatti, era solita fare piani per disfarli cinque minuti dopo.

«Certo» dissi dunque. «Sempre che ci sia ancora posto per una lezione».

Sul volto lentigginoso di Cathrin fece la sua comparsa una smorfia di soddisfazione. All'imbocco della seconda traversa afferrò il mio zaino, ci separammo e io mi affrettai a raggiungere la scuderia.

Sulla pista grande, delimitata da una staccionata bianca e da alti alberi che le garantivano una buona ombreggiatura, si stavano esercitando alcuni cavalieri. Nei roseti accuratamente potati e nelle siepi di lauroceraso ronzavano le api. Rallentai l'andatura e volsi uno sguardo malinconico alla pista: doveva essere fantastico poter andare a cavallo ogni qual volta si avesse tempo e voglia.

«Salve, signor Kessler!» gridai all'istruttore, quando mi passò accanto al trotto in sella ad Abros, il robusto castrone sauro del padre della mia amica Billie.

«Ciao, Charlotte». L'istruttore fece rallentare il cavallo e mi venne incontro. «Allora, finalmente in vacanza?»

«Sì». Mi fermai. «Posso fare lezione oggi pomeriggio alle tre?»

«Certo. Iscriviti sul registro». Il signor Kessler allentò le briglie per poi passarsi una mano fra i corti capelli scuri. «Che ne diresti di partecipare al corso di equitazione?»

«Al corso di equitazione?» gli feci eco con le ginocchia tremanti.

Il signor Kessler lo chiese quasi fosse una cosa scontata, mentre l'ultima volta che alla scuderia si era tenuto un corso di equitazione non mi aveva neppure preso in considerazione. Voleva forse dire che ero migliorata?

«Sì» confermò. «Volevo organizzare un corso nella seconda metà di luglio, con esame finale. Ho pensato che tu, Dorothee, Inga, Oliver e Karsten potreste partecipare».

Lo fissai incredula. Ma la gioia che provavo si tramutò all'istante in cocente delusione. Nella seconda metà di luglio io sarei stata da tutt'altra parte!

Il signor Kessler sembrò leggermente irritato dal mio scarso entusiasmo. Riprese le briglie e spronò Abros al trotto. «Mi farai sapere».

Sentii nitrire Gento alle mie spalle, mentre ero ancora stordita a bordo pista. Proprio durante le vacanze dovevano fare un corso di equitazione? Tutti i miei amici vi avrebbero partecipato, e invece io me ne sarei stata chissà dove in Francia ad annoiarmi a morte! Era una vera ingiustizia.

Mi trascinai mogia mogia fino al box di Gento. Il castrone mi stava aspettando a orecchie dritte, e non appena gli fui vicino allungò il collo per annusare le mie tasche. Aprii la porta del box e gli accarezzai il collo appiccicoso di sudore.

«Non ho niente per te» gli sussurrai. «Gento… accipicchia, oggi non hai un gran bell'aspetto» aggiunsi subito dopo.

Il signor Lauterbach lo cavalcava solitamente in tarda serata. Quando si allenava per un torneo, Gento doveva saltare molti ostacoli, e una volta finito il percorso, il signor Lauterbach era sempre così di fretta che, invece di continuare a cavalcarlo per farlo asciugare, si limitava a riportarlo nel box. «Gli importa solo di tornare il prima possibile al bancone della club house» aveva detto una volta sarcastica la mia migliore amica Dorothee, e non a torto. La club house consisteva nella saletta dove alla sera di solito si trovavano i cavalieri per bere insieme una birra e fare quattro chiacchiere. Dalle ampie vetrate si scorgeva l'interno del maneggio coperto e d'estate ci si poteva accomodare su una piccola terrazza con vista sulla pista all'aperto. Qui avevano luogo anche le riunioni annuali dei tesserati, così come la festa di san Nicola e quella di Natale. Anche noi ragazzi dopo le lezioni la frequentavamo di tanto in tanto, immergendoci nella lettura di riviste ippiche e concedendoci un bicchiere o due di Coca.

Salutai Gento e mi diressi verso il deposito delle selle, che fungeva anche da ufficio della scuderia. Sulla scrivania c'era il voluminoso registro dove venivano annotate le ore di equitazione. Per le tre c'erano solo quattro prenotazioni. Le mie amiche Dorothee e Inga avevano avuto la mia stessa idea, mentre Oliver e Karsten, che di solito venivano a cavalcare con noi, oggi subito dopo la scuola erano partiti con i loro genitori per due settimane di vacanza. Non li invidiavo affatto, anche se, in fin dei conti, erano più fortunati di me: io avrei trascorso in Francia addirittura quattro interminabili settimane! Gli anni passati ero stata contenta all'idea di partire, ma ora che avevo Gento il pensiero di separarmene per un periodo così lungo mi era difficilmente sopportabile. Sì, avrei proprio preferito di gran lunga restare a casa per godermi intere giornate alla scuderia insieme ai miei amici. E per di più mi sarei persa anche il corso di equitazione e l'esame finale! Quando scrissi il mio nome sul registro, trattenni a stento le lacrime e quindi mi incamminai triste e sconsolata verso casa.

DELUSIONI

«Cos'è quella faccia?» mi domandò la mamma dopo aver visto la mia pagella. «Matematica a parte, vai molto bene in tutte le materie».

Lì per lì la guardai senza capire. Tutta presa dai miei problemi, mi ero completamente dimenticata della pagella.

La mamma tornò in cucina, a finire di preparare il pranzo, e io le andai dietro e mi sedetti sullo sgabello davanti alla finestra.

«Il signor Kessler mi ha chiesto se voglio partecipare al corso di equitazione» dissi.

«Davvero? Ma è fantastico!» La mamma aprì la lavastoviglie. «Puoi svuotarla, per favore?»

Sospirando mi alzai, presi dalla lavastoviglie le posate e i piatti puliti e li rimisi a posto nei pensili e nei cassetti. A quel punto mi venne un'idea.

«Il corso si svolgerà nella seconda metà di luglio. Non è che potrei restare qui?»

La mamma alzò le sopracciglia e mi fissò come se avessi detto chissà quale eresia.

«E per un corso di equitazione tu non verresti in vacanza a Noirmoutier?»

Feci spallucce e annuii.

«A Noirmoutier me ne sto in spiaggia tutto il giorno senza fare nulla» replicai. «Anche Doro e Inga faranno il corso, e magari a settembre parteciperanno al torneo. Io invece mi perderò tutto!»

«Ce ne saranno certamente altri di corsi». La mamma lanciò un'occhiata all'orologio appeso sopra il forno a microonde.

Tutto lì quel che aveva da dire? Pazzesco! Stentavo a crederci.

«Apparecchieresti, per favore? È quasi pronto».

Stavo per protestare, ma mi trattenni perché avevo fame. E inoltre nutrivo la segreta speranza di intenerire la mamma con il mio atteggiamento servizievole – in fin dei conti avevo già svuotato la lavastoviglie! – persuadendola così a partire per la Francia senza di me.

Subito dopo pranzo sarei andata da Dorothee. Era la mia migliore amica e abitava con la sua famiglia proprio accanto a noi. Avevo deciso di chiederle, nel caso i miei genitori mi avessero concesso di non partire con loro, se potevo fermarmi da lei per le vacanze. I genitori di Dorothee avrebbero certamente acconsentito. Il solo pensiero di risolvere in questo modo il "problema vacanze in Francia" scacciò via il mio malumore.

Poco prima dell'una, Alissa, il nostro bovaro svizzero, iniziò ad abbaiare in giardino come un forsennato. Era arrivato papà. Papà era presidente della nostra circoscrizione, perciò era impegnato tutto il giorno con vari appuntamenti, spesso anche nel fine settimana, ma se riusciva a organizzarsi, a mezzogiorno veniva un'oretta a casa.

«Allora, come sono queste pagelle?» chiese, prendendole dal secrétaire della mamma e sedendosi a tavola.

Papà cominciò dalla pagella di Florian. Il mio fratellino fece una smorfia di soddisfazione. Erano previsti cinque euro per ogni dieci, due euro per ogni nove, un euro per ogni otto. Florian avrebbe guadagnato un bel gruzzoletto. Papà poteva essere soddisfatto anche della pagella di Phil. Solo il mio sei in matematica gli fece aggrottare la fronte.

«Ancora sette giorni alle nostre meritate vacanze!» esclamò guardandoci. «E ci aspettano delle gran belle vacanze, vero?»

«Be'… ecco… io preferirei restare qui» annunciai, attirandomi gli sguardi allibiti dei miei genitori e dei miei fratelli.

Quattro settimane sulla costa atlantica! Nuoto, giochi sulla spiaggia, giri in bici, windsurf, ozio, succulenti gamberetti, tramonti sul mare… cosa poteva mai esserci di più bello?

«Lotte non è contenta se non puzza di cavallo e non ha lo sterco attaccato alle scarpe» ghignò Phil a bocca piena.

«Voi non potete capite» replicai con un profondo sospiro.

La mamma aveva preparato lo spezzattino di pollo con il riso, uno dei miei piatti preferiti, ma la prospettiva di tutto quel tempo senza il mio adorato Gento e senza la scuderia mi rovinò l'appetito. Quattro settimane mi sembravano un'eternità. Nella peggiore delle ipotesi, durante la mia assenza qualcun altro sarebbe entrato nelle grazie del signor Lauterbach e io non avrei più potuto occuparmi di Gento! La concorrenza era numerosa e spietata. E qualora i miei amici avessero superato l'esame finale del corso, dopo l'estate sarebbero stati inseriti in un'ora di equitazione diversa dalla mia. Non avrei mai e poi mai recuperato questo svantaggio!

«Anche a Noirmoutier ci sono dei cavalli» osservò la mamma. «Lo scorso autunno hai superato l'esame per il patentino di equitazione e quest'anno puoi cavalcare anche lì».

«Non è la stessa cosa!» sbottai cercando di trattenere le lacrime.

«Ma Charlotte!» Papà scosse la testa. «Ti è sempre piaciuto venire a Noirmoutier!»

«Sì, ma Gento non c'era!»

Non mi sfuggì lo sguardo che si scambiarono i miei fratelli. Era evidente che mi prendevano per una squilibrata, ma non me ne importava nulla.

«Non posso proprio restare qui, papà?» lo implorai. «Potrei andare a stare da Dorothee, quest'anno loro non vanno da nessuna parte! E poi risparmieresti un bel po', se io non venissi!»

«Soprattutto per il cibo» ghignò Phil.

Ignorai la frecciatina e guardai papà con espressione supplichevole. Lui seguitò a mangiare impassibile.

«Baderò alla casa e innaffierò il giardino tutte le sere. Così i fiori e il prato non saranno troppo secchi quando tornerete».

Il desiderio di restare a casa era così forte che per un attimo credetti sul serio di poter convincere i miei ad andare in Francia senza di me.

«Le stai tentando proprio tutte...» Papà sembrava quasi divertito, ma poi con il commento successivo mi tolse ogni speranza: «Ne riparleremo quando avrai compiuto diciott'anni. Le scuderie non scappano. Fine della discussione».

D'un tratto Cathrin non ebbe più voglia di accompagnarmi alla scuderia. Quindi andai da sola da Dorothee, che mi aspettava sulla porta di casa in pantaloni da cavallerizza e stivali. Ci incamminammo pian piano in direzione del circolo. Anche senza andare di fretta, ci impiegavamo al massimo tre minuti. Ecco perché tutti quelli che per raggiungere la scuderia dovevano spostarsi in bicicletta, motorino o bus ci invidiavano.

Io e Dorothee stavamo coccolando Gento e parlando del corso di equitazione, quando il signor Schmidt, uno dei due stallieri, aprì il deposito della scuderia: erano le tre meno un quarto.

Il signor Kessler assegnava i cavalli per le ore pomeridiane di lezione prima di lasciare il circolo per la pausa pranzo. Oliver e Karsten avevano scoperto da tempo che per recuperare il foglio con gli abbinamenti cavallo-cavaliere dal cassetto in alto della vecchia scrivania bastava alzarne il piano. Mentre io facevo il palo accanto alla porta perché nessuno potesse coglierci in flagrante, Dorothee dette una scorsa all'elenco dei nominativi.

«A te è toccata Tanja» sussurrò. «E a me Douglas. Fantastico!»

Il signor Kessler spesso rimaneva spiazzato nel trovare i cavalli già sellati ancor prima di affiggere l'elenco in bacheca, ma non aveva mai scoperto il nostro stratagemma.

Poco prima delle tre arrivò anche Inga. Abitava nel paese vicino, e di solito alla scuderia l'accompagnava la mamma in macchina, così che lei non dovesse attraversare il bosco in bici. A Inga era toccato Goldi. Evidentemente il nostro istruttore voleva farci una bella sorpresa l'ultimo giorno di scuola, perché ognuna di noi avrebbe cavalcato il proprio cavallo preferito.

L'ora di equitazione nel maneggio all'aperto con quel tempo magnifico fu un vero spettacolo! Non cavalcavo granché bene con i cavalli pigri, Tanja invece mi faceva fare sempre bella figura: era una giumenta diligente, che rispondeva bene al morso, insomma non era cocciuta e apatica come il baio Hanko o svogliata come quel pantofolaio di Brutus. Avevo paura di Hanko e del baio scuro Farina, che sgroppavano entrambi in modo subdolo e inatteso: mi era capitato più di una volta di ritrovarmi improvvisamente a terra, quando loro, senza alcun preavviso, infilavano la testa fra le zampe anteriori e iniziavano a scalpitare. Decisamente indomito era anche Flocki, il castrone bianco a macchie nere Knabstrupper, che di innocente aveva solo il colore del manto. Quando non era in giornata, si bloccava nel bel mezzo della pista o si lanciava al galoppo sfrenato.

La mia amica Dorothee, diversamente da me, non aveva alcun timore di prendere in mano il frustino per imporsi sul cavallo. E proprio per questo motivo veniva spesso concesso a me di cavalcare i nuovi cavalli della scuola, perché il signor Kessler trovava che io avessi la mano delicata e che sapessi stare "morbida" in sella. All'inizio era bello montare i cavalli appena arrivati alla scuderia, ma col tempo quegli stessi cavalli perdevano slancio o si abituavano a farmi dei brutti scherzi che mi gettavano nel panico. Anche per questo il mio più grande sogno era quello di possedere un cavallo, di avere un cavallo tutto mio!

Papà rideva sempre quando esprimevo il mio desiderio, e faceva cenno di no con la mano.

«Dimostrami prima che con i cavalli fai davvero sul serio» era solito dire, ricordandomi poi tutto ciò che avevo iniziato con grande entusiasmo, salvo poi abbandonarlo nel giro di poco tempo: judo, pianoforte, basket... Non voleva proprio capire che i cavalli erano tutt'altra cosa. Ma io ero fermamente decisa a dimostrarglielo, anche se da quando c'era Gento il mio sogno si era ridimensionato: mi sarei accontentata di poterlo cavalcare. E per coronare questa impresa dovevo assolutamente perfezionarmi, anche se riuscirci con un'ora scarsa di lezione a settimana era impresa ardua.

L'autunno precedente avevo comunque preso il patentino di equitazione e avevo iniziato con le lezioni di salto. I miei genitori mi concedevano una sola lezione di equitazione a settimana, era già costoso così. Per Dorothee era lo stesso. E così non ci restava altro da fare che sgobbare nella scuderia, per guadagnarci la seconda ora di lezione. Scaricavamo paglia e fieno e trascinavamo quei pesanti covoni per tutto il fienile polveroso fino ai box, e smettevamo soltanto quando ci faceva male la schiena e le braccia ci sembravano più lunghe del normale. Pulivamo i finimenti dei cavalli della scuola e non ci importava della ramanzina che ci avrebbero fatto a casa per via dei vestiti sporchi. Valeva senz'altro la pena sopportare qualunque sgridata se la posta in gioco era la seconda lezione di equitazione della settimana.

Dopo la lezione consegnai Tanja alla ragazza che l'avrebbe cavalcata l'ora successiva e feci uscire Gento dal suo box. Lo legai all'ombra di un castagno imponente e iniziai a lustrargli per bene il manto appiccicoso. Dorothee e Inga si sedettero sulla panchina lì accanto.

«È un gran peccato che tu non possa partecipare al corso» disse Dorothee sconsolata.

Un peccato?! Era una vera e propria catastrofe, un'ingiustizia che gridava vendetta! Per un attimo sperai che Dorothee e Inga, per solidarietà nei miei confronti, avrebbero rinunciato al corso, ma mi ingannavo.

«Sarà un vero spasso» disse Inga tutta entusiasta. «Due ore di equitazione al giorno tutti i giorni, una la mattina e l'altra il pomeriggio. Tre volte a settimana lezione di salto e teoria».

Vidi Dorothee darle una gomitata per zittirla. Mi morsi le labbra. Mentre le mie pseudo migliori amiche si infervoravano al solo pensiero di chi ci sarebbe stato al corso e di chi avrebbe montato quale cavallo, io avrei voluto mettermi a gridare per la rabbia e la delusione.

«Ecco che arrivano Dani e Susanne». Inga balzò in piedi. «Che sappiano già del corso?»

Inga corse via trascinandosi dietro Dorothee. Io rimasi con Gento e trattenni le lacrime con tutte le mie forze, non solo per il corso che mi sarei persa, ma anche per l'indifferenza delle mie amiche: era come spargere il sale sulle ferite.

«Ciao, Charlotte». Isa, tenendo alla briglia il castrone purosangue baio Natimo, si fermò accanto a me e fissò Gento con occhio attento. «Però, è davvero molto bello! Lo tieni proprio bene questo cavallo, non c'è che dire».

Isa aveva già diciotto anni, ed era indubbiamente una delle migliori cavallerizze del nostro centro ippico. Con Natimo e Heide otteneva buoni piazzamenti nelle gare di livello medio, e si distingueva anche nel dressage. Ciononostante non era per nulla arrogante, anzi era molto carina persino con i più giovani come me. In altre circostanze quell'elogio pronunciato proprio da lei mi avrebbe resa estremamente fiera, ma quel giorno mi lasciò del tutto indifferente.

«Grazie» replicai, sperando che non cominciasse anche lei a farfugliare di quel corso di equitazione di cui io, a differenza di tutti gli altri, non potevo rallegrarmi. Evidentemente si era resa conto che non ero dell'umore adatto, perché si limitò a salutarmi e a condurre Natimo alla pista di dressage.

Io, Dorothee e Inga passammo l'intero pomeriggio al circolo. A un certo punto le mie amiche si stancarono di parlare del corso. Ci sedemmo su una panchina del maneggio a guardare Isa che si allenava con Natimo in complessi cambi di galoppo. Immaginavamo come sarebbe stato possedere un cavallo tutto nostro. Ciascuna di noi aveva in mente un tipo di cavallo ben preciso, e nel mio caso Gento non si discostava molto dal mio cavallo dei sogni.

Alle sette venne la mamma di Inga a prenderla, e anch'io e Dorothee stavamo per andare a casa, quando intravidi il signor Lauterbach in compagnia di un giovane uomo con pantaloni da cavallerizzo e cap. Si diressero verso il box di Gento e io li seguii. Avevo una strana sensazione.

«Con lui quest'anno ho già fatto sei piazzamenti nelle gare di livello medio» sentii dire al signor Lauterbach. «E ho vinto due gare di livello difficile. Non si tira mai indietro. Salta sempre e da qualunque posizione».

«Buonasera» dissi intimorita. Non dovevano pensare che stessi origliando. E non mi piaceva il modo in cui quel giovane guardava Gento nel suo box.

«Ciao, Charlotte» mi salutò il padrone del mio cavallo. «Hai lustrato Gento alla perfezione!»

Il signor Lauterbach rise un po' troppo forte, e ancora una volta percepii una certa avversione nei confronti di quell'uomo che non si portava mai dietro né una carota né una mela per il suo cavallo e che anche dopo un torneo impegnativo lo riportava nel box tutto sporco. Frugò nel portafogli che aveva tirato fuori dalla tasca dei pantaloni e prese una banconota.

«Ecco qua, Charlotte». Mi porse venti euro. «In fin dei conti sei in vacanza, e un po' di soldi extra non possono che farti comodo».

«Ma... ma... non deve...» balbettai imbarazzata. «Lo faccio volentieri».

«No, no, no. Questi soldi te li sei meritati». Il signor

Lauterbach mi mise in mano la banconota e mi dette dei colpetti sulla schiena con fin troppa confidenza. Solitamente non era mai così gentile. Accarezzò la briglia di Gento e lo fece uscire dal box.

Il giovane squadrò ben bene il cavallo.

«Come fai a lucidargli il pelo così?» mi chiese.

«Lo pulisco tutti i giorni» spiegai. «E gli metto dell'olio di girasole sulle carote».

I due si misero a ridere come se avessi detto una sciocchezza. Mi sentii una perfetta idiota.

«Allora, vogliamo sellarlo?» Il signor Lauterbach andò a prendere tutto l'occorrente.

«Sei tu, dunque, la stalliera di Gento». L'uomo accarezzò il collo al cavallo. «È facile da gestire?»

«È il cavallo più docile del mondo» risposi, limitandomi ai soli lati positivi del mio cavallo preferito. «Non ha paura di niente e ti fa sempre le coccole. E non è nemmeno troppo delicato, gli si può far brucare l'erba tenendolo alla briglia».

«Fantastico». Il giovane annuì compiaciuto.

Il signor Lauterbach, una volta tornato, si preparò a sellare Gento. Con mia sorpresa, però, non fu lui a montare il cavallo e a dirigersi verso la pista del salto a ostacoli, bensì lo sconosciuto. Mi diressi da Dorothee, che si era seduta sugli spalti a bordo pista.

«Chi è il tipo che sta cavalcando Gento?» chiese la mia amica.

«Non ne ho idea». Non persi mai di vista Gento e il

suo cavaliere. «Mi ha sottoposta a un mezzo interrogatorio. Come faccio a rendere tanto lucido il pelo di Gento e che tipo di cavallo è, docile o ribelle…» Ammutolii.

Per un po' guardammo in silenzio. Lo sconosciuto sapeva cavalcare bene. Il signor Lauterbach cominciò ad abbassare gli ostacoli sul percorso, e intanto parlava con l'uomo che in sella a Gento gli girava intorno al trotto e al galoppo.

«Lotte,» disse Dorothee a bassa voce «non intendo certo spaventarti, ma ho come la sensazione che quell'uomo stia mettendo Gento… alla prova».

«Metterlo alla prova?» Non capivo a cosa alludesse. «E per cosa, scusa?»

«Be', ecco…» Dorothee mi guardò pensierosa. «Forse il signor Lauterbach ha intenzione di vendere Gento».

Vendere Gento?! Alla sola idea mi sentii sopraffare prima da un'ondata di calore, poi un brivido freddo mi corse lungo la schiena. No, impossibile! E perché mai il signor Lauterbach avrebbe dovuto venderlo? In fin dei conti, aveva appena snocciolato con orgoglio i diversi premi vinti dal suo cavallo.

All'improvviso quella bella giornata di sole venne oscurata da una nube ben più inquietante di quella delle vacanze estive. Stentavo a credere alle parole appena pronunciate da Dorothee. Che disastro, che tragedia immane, se fosse successo quel che aveva detto! Osservai triste quel giovane uomo che in sella a Gento stava saltando alcuni ostacoli bassi. Il castrone baio superò agilmente ostacoli verticali, oxer, la doppia gabbia. Il signor Lauterbach alzò gli ostacoli e sogghignò compiaciuto.

«Speriamo che Gento scaraventi quel tipo a terra» borbottai, ma non accadde niente del genere.

Gento saltò con naturalezza e senza commettere errori finché il suo cavaliere non lo riportò al passo dandogli dei colpetti sul collo. Infine l'uomo si fermò accanto al signor Lauterbach, ma sebbene io e Dorothee fossimo lì vicino con l'orecchio teso, non riuscimmo a captare una sola parola fra i due.

«Vieni». Dorothee si alzò in piedi. «Andiamo. Sono quasi le sette e mezza, non voglio beccarmi una sfuriata a vacanze appena iniziate».

Lanciai un ultimo sguardo malinconico a Gento, e a malincuore seguii la mia amica sulla via del ritorno.

A casa Florian e Cathrin si stavano contendendo la poltrona migliore nella stanza del televisore. Mi tolsi gli stivali, e proprio mentre stavo per salire su in camera comparve sulla porta di casa la mamma. Aveva appena finito di fare giardinaggio, la sua passione. Poteva starsene per ore e ore china sulle aiuole di fiori, a potare le rose o a travasare le piantine di pomodoro. Teneva in una mano una scodella di ribes appena colto, nell'altra i guanti da giardino.

«Allora, com'è andata oggi al circolo?» La mamma

mi passò accanto e andò in cucina a posare la scodella nel lavello. «Che cavallo hai montato?»

«Come... scusa?» La guardai confusa, e dovetti soffermarmi a riflettere un istante prima di ricordare che avevo montato Tanja.

«È successo qualcosa?» domandò la mamma col suo sguardo penetrante.

«Oggi un uomo che non avevo mai visto prima al circolo ha montato Gento». Avevo quasi paura a dar voce al mio timore. «Gli ha fatto saltare gli ostacoli. Dorothee pensa che il signor Lauterbach possa... possa venderlo».

«E perché lo pensa?»

«È stato tutto così strano...» Detti un'alzata di spalle. «Hanno parlato di tutti i tornei vinti da Gento quest'anno. E quell'uomo mi ha fatto un sacco di domande sul cavallo».

«Capisco». La mamma aprì il frigorifero e prese un vasetto di formaggio fresco, poi iniziò a tirar via le bacche di ribes dallo stelo. «Be', Gento non è il tuo cavallo. Ogni tanto nella vita bisogna mettere in conto anche le perdite. Ti ricordi quant'eri triste quando vendettero Arabella?»

«Ma era diverso! Arabella era solo un cavallo della scuola! Gento è... lui... lui è...»

Mi interruppi. Come facevo a spiegare a mia madre che Gento per me era tutto?

«Non fasciarti troppo la testa» cercò di rassicurarmi la mamma, che col pensiero era già altrove. «Per ora non sono altro che semplici supposizioni. E adesso ribes dell'orto con formaggio fresco in arrivo!»

«Non ho fame». Mi voltai amareggiata e salii di sopra in camera mia. Quanto ero stata felice all'idea di passare l'estate con Gento! E ora, di colpo, il terrore di perderlo...

MAI PIÙ A CAVALLO SENZA GENTO

Durante l'estate non c'erano lezioni di equitazione pomeridiane, perciò mi ero segnata per la lezione della mattina alle nove. Mamma e papà mi avevano dato il permesso di andare a cavallo tutti i giorni finché non saremmo partiti per la Francia. Era passato qualche giorno da quando quell'estraneo aveva montato Gento, e pian piano mi convinsi che Dorothee doveva essersi sbagliata. Il signor Lauterbach aveva fatto montare il suo cavallo a uno sconosciuto, nient'altro.

Gento, vedendomi arrivare, come sempre aveva nitrito. Gli avevo portato una mela.

«Se avessi tanti soldi, ti comprerei subito» dissi al castrone baio mentre masticava la mela con gusto, sbavandomi sulla maglietta.

L'avevo detto tanto per dire, ma in fin dei conti perché non chiedere direttamente al signor Lauterbach? Magari bastavano i tremila euro che finora avevo messo da parte sul mio libretto di risparmio.

Da dietro la scuderia proveniva il cinguettio degli uccelli nel bosco. Sul sentiero lungo il recinto, dietro al box di Gento, ogni tanto passava un uomo che faceva jogging o portava a spasso il cane. Come ogni mattina il signor Schmidt e il signor Pfeffer, i due stallieri, stavano svuotando nel letamaio carriole e carriole di sterco di cavallo fumante, mentre i due gatti del circolo si riscaldavano al sole che brillava nel cielo terso promettendo una magnifica giornata estiva.

Stavo facendo le coccole a Gento e pensando a come introdurre l'argomento con il signor Lauterbach, quando vidi il signor Kessler venirmi incontro da dietro il letamaio e fermarsi davanti a me.

«Buongiorno, Charlotte» disse.

«Salve, signor Kessler» risposi sorpresa, lasciando le briglie di Gento.

L'istruttore di equitazione era piuttosto serio, il che mi sembrò subito strano. Prese a battermi forte il cuore. D'un tratto ecco di nuovo il fosco presentimento evocato dalle parole di Dorothee. Gento mi sospinse leggermente in avanti, ma io non gli badai. Il mio sguardo era come ipnotizzato dal volto dell'istruttore, che di solito non si aggirava per il cortile e intorno al letamaio, ma mi gridava "Buongiorno!" da lontano.

«Ehm... Lotte...» iniziò il signor Kessler fissandosi le punte dei lucidi stivali da cavallerizzo. «Il signor Lauterbach ti ha già parlato, vero?»

«No». Sentii salirmi le lacrime agli occhi. «Perché?»

Dorothee aveva ragione, e io come una sciocca avevo decantato a quel tipo tutti i pregi di Gento!

«Non dev'essere facile...» Il signor Kessler si schiarì la voce. «Dopotutto ti occupi egregiamente del suo cavallo da un bel pezzo. Sì, insomma, veniamo al sodo. Il signor Lauterbach ha venduto Gento. È sempre così impegnato sul lavoro, tanto da non aver più tempo di andare a cavallo».

Gento era stato venduto. Era un dato di fatto, non più un vago timore o una semplice supposizione. Deglutii cercando di ricacciare indietro le lacrime che mi riempivano ormai gli occhi, ma al tempo stesso sentii montarmi dentro una furia cieca e impotente. Ma cosa passava per la testa di Lauterbach? Non aveva neppure ritenuto necessario comunicarmi di aver venduto il cavallo di cui mi prendevo cura. Aveva invece ben pensato di mettere in mano a quella stupida oca che gli strigliava il cavallo una lauta mancia!

«Charlotte?» Il signor Kessler era ancora davanti a me e dalla sua faccia si capiva chiaramente che avrebbe preferito essere a chilometri e chilometri di distanza.

«Come ho potuto accettare i suoi maledetti soldi?» urlai furibonda digrignando i denti.

«Prego?» L'istruttore mi fissò senza capire.

«Ah, niente…» Mi sforzai di mantenere la calma. «Io… io chiederò al signor Lauterbach di venderlo a me, Gento. Ho dei soldi da parte…»

«Da quel che so, l'affare è già andato in porto». Il signor Kessler dette uno sguardo all'orologio. «Il nuovo proprietario verrà a prendere il cavallo oggi pomeriggio. Dai, Lotte, non essere triste. Se vuoi, ora puoi montare Liesbeth. Andiamo a fare una cavalcata assieme».

In un altro momento avrei fatto i salti di gioia di fronte a una simile proposta, ma non oggi. Non ora che la mia vita stava andando a rotoli.

«Io... io non esco a cavallo» mormorai. «Non andrò mai più a cavallo. E non tornerò nemmeno più qui, se Gento se ne andrà».

«Su, su...» disse il signor Kessler nel tentativo di consolarmi. «Passerà, vedrai. Magari ci sarà presto un altro cavallo di cui ti potrai occupare. Se qualcuno mi chiederà di una stalliera affidabile, farò il tuo nome».

Guardai l'istruttore esterrefatta. Non riusciva proprio a capire cosa stessi provando, cosa significasse Gento per me? Pensava che volessi prendermi cura di un cavallo qualsiasi?

«Prendermi cura di un altro cavallo per poi veder vendere anche quello!» sbottai amareggiata. «No, grazie».

Di fronte ai falliti tentativi di consolarmi il signor Kessler, impotente, fece spallucce.

«Adesso ho lezione» si scusò. «Volevo soltanto evitare che ti ritrovassi all'improvviso davanti a un box vuoto».

«Grazie» mormorai con un nodo alla gola, aspettando che se ne andasse.

Insomma... proprio Gento dovevano vendere? C'erano altri trentanove cavalli nella scuderia per i quali non avrei versato neanche una lacrima, anche fossero venuti a prelevarli davanti ai miei occhi.

Il castrone baio, ignaro del suo destino, mi strofinò il naso sui capelli e sbuffò sentendo il solletico. Non avrei più visto la sua testa spuntare da sopra lo sportello del box, non avrei più sentito l'eco dei suoi nitriti nel salutarmi! Avrei ripreso a contendermi con gli altri i cavalli della scuola e non avrei più ricevuto una parola di elogio da parte di Isa riguardo al manto lucido del cavallo da me pulito. Stefan, Dani, Anike, Susanne avrebbero gongolato alle mie spalle. Un altro cavallo avrebbe preso il posto di Gento nel box, e io non avrei mai più avuto la possibilità di cavalcarlo!

Mi sentii mancare la terra sotto i piedi, mi nascosi il viso fra le mani e scoppiai in un pianto dirotto.

Saltai l'ora di lezione e me ne tornai a casa sconsolata. Dorothee era andata a Colonia dalla nonna con la mamma e i fratelli minori, Inga era già in vacanza. Non c'era nessuno a cui potessi confidare le mie pene e che fosse in grado di capire il mio dolore.

Mia madre mi fissò stupita, vedendomi rientrare a casa solo un'ora dopo essere uscita per andare alla scuderia.

«È successo qualcosa?» domandò preoccupata.

«Gento è stato venduto» risposi senza guardarla e senza tradire alcuna emozione. «Verranno a prenderlo già questo pomeriggio». Mi scese una lacrima.

«Ah, mi dispiace» disse la mamma. «E come l'hai saputo?»

«Me l'ha appena detto il signor Kessler». Fissai il pavimento. «Lauterbach non ha avuto nemmeno il coraggio di dirmelo di persona».

Squillò il telefono.

«Su, entra, Lotte». La mamma mi passò accanto per andare a rispondere. «Fra tre giorni andiamo a Noirmoutier. Al ritorno dalle vacanze troverai certamente un altro cavallo di cui occuparti».

«Non voglio un altro cavallo!» gridai stizzita. «Non voglio cavalcare mai più! Desidero solo morire!»

Purtroppo certi sfoghi non impressionavano mia madre più di tanto. Quattro figli alla lunga l'avevano abituata a simili situazioni.

Prima che arrivasse Cathrin, o peggio ancora Phil, mi precipitai su per le scale, richiusi la porta della camera alle mie spalle sbattendola con forza e mi gettai sul letto. Ero in preda all'angoscia e alla disperazione. Perché la vita era così ingiusta? Perché dovevo perdere ciò che di più caro avevo al mondo? Singhiozzando, tempestai di pugni il cuscino. Quel pomeriggio sarei andata per l'ultima volta al circolo a dire addio a Gento. E poi, giurai a me stessa, non avrei più guardato un cavallo in vita mia!

Quando alle due e mezza arrivai alla scuderia trascinandomi con passo pesante e con un macigno sullo stomaco, trovai parcheggiato nel cortile un fuoristrada nero con il rimorchio per cavalli. Erano già arrivati. Si sarebbero portati via il mio cavallo.

Strinsi con la mano il libretto di risparmio rosso riposto nella tasca dei pantaloni. Non potevo scoppiare a piangere come una bambina capricciosa. Forse quell'uomo si sarebbe lasciato persuadere a vendermi Gento. Cosa poteva mai rappresentare per lui un cavallo che aveva visto una sola volta in vita sua?

C'era anche il signor Lauterbach.

Quando Gento mi vide, fece dei nitriti allegri che mi trafissero il cuore. Non poteva presagire che di lì a poco non ci saremmo mai più rivisti!

«Ah, Charlotte...» Il signor Lauterbach sembrò a disagio nel vedermi. «Mi... mi dispiace di aver dimenticato di dirtelo, ma ho avuto così tanto da fare...»

Tirai fuori la banconota che mi aveva dato e gliela gettai ai piedi.

«Ecco» sbottai indignata. «Tutto quello che ho fatto, l'ho fatto per Gento, non certo per lei. È sempre stato un bravissimo cavallo, e lei lo ripaga così, vendendolo».

Il signor Lauterbach arrossì, ma non osò proferir parola.

L'uomo sogghignava divertito. Mi stava prendendo in giro? Non m'importava. Cos'altro avevo da perdere?

«Volevo chiederle di rivenderlo a me, Gento» dissi al nuovo proprietario del cavallo tirando fuori il libretto di risparmio. «Posso darle tremila euro».

«Mmm, non credo che bastino» rispose il giovane in tono cortese. «Ma non devi preoccuparti per Gento. Starà bene da noi».

«Potrei aggiungere altri cinquecento euro» insistetti porgendogli speranzosa il mio libretto di risparmio.

Indugiava? Stava pensando a qualcos'altro? Il cuore mi batteva a mille.

«Avanti, ragazzina, è ora di finirla con queste pagliacciate» intervenne brusco il signor Lauterbach tirando giù lo sportello del rimorchio per cavalli. «Devo tornare in ufficio».

Non gli badai.

«Mi dispiace, Charlotte». L'uomo non sorrideva più ora, e alzò le spalle rammaricato. «Immagino quanto sia doloroso per te separarti da Gento. Ma io l'ho pagato quarantacinquemila euro».

Per poco non svenivo sul colpo. Le ginocchia presero a tremarmi. Quarantacinquemila euro! La delusione fu cocente. Gento nitrì di nuovo, scalciando impaziente contro lo sportello del box. Non lo avevo mai fatto attendere tanto a lungo prima di dargli la sua mela.

«Ti do il mio indirizzo» propose il giovane, estraendo un biglietto da visita dal portafoglio. «Puoi venire da noi a trovarlo. Non stiamo poi così lontano».

Mi allungò il suo biglietto da visita.

«Sai, ho visto spesso Gento gareggiare ai tornei e sono felicissimo che ora sia mio. Avrà un bel box con finestra e un recinto che qui non ha. Chiamami quando vuoi venire a fargli visita, d'accordo?»

Annuii confusa e accettai il biglietto. Poi lo guardai prendersi Gento dal box. Gli aveva messo una nuova briglia di cuoio e il castrone baio lo seguì di buon grado sul rimorchio. Il signor Lauterbach richiuse lo sportello. Non lo aveva accarezzato nemmeno un'ultima volta per dirgli addio! Il giovane mi salutò di nuovo con la mano, poi salì in macchina e partì. Col mio cavallo.

«Stammi bene, Gento» sussurrai. Avevo la vista appannata dalle lacrime, ma seguii lo stesso con lo sguardo l'auto mentre scendeva la china fino a scomparire in lontananza.

Spesso mi ero fermata proprio in quel punto a osservare Gento quando il signor Lauterbach se lo portava via a qualche torneo. Ma allora sapevo che il giorno dopo lo avrei ritrovato nel suo box. Stavolta non sarebbe tornato. Gento se n'era andato. Per sempre.

TUTTI GLI ADDII
SONO DIFFICILI

L'indomani mattina non mi alzai subito. E a che scopo? La scuola era finita e non c'era più nessuno ad attendermi alla scuderia. Mia madre fece un timido tentativo di attirarmi di sotto per la colazione. In casa, come al solito, i miei fratelli stavano facendo baccano. A un certo punto un'amica di Cathrin passò a prenderla, poco dopo la chitarra elettrica di Phil, quella che gli avevano regalato il Natale scorso, si zittì e lui sparì con i suoi amici in direzione della piscina all'aperto. Per loro era tutto come sempre. Non potevano capire il vuoto spaventoso che mi opprimeva.

E anche quella mattinata passò. Fuori c'era il sole, come se tutto andasse alla grande. Succedevano le cose peggiori: persone che morivano, aerei che precipitavano, bambini che pativano la fame e cavalli che venivano venduti – e intanto quello stupido sole continuava a splendere indefesso nell'azzurro limpido del cielo. Avrebbe dovuto piovere! Scrosci d'acqua impetuosi avrebbero dovuto riversarsi a terra dal cielo plumbeo per giorni e giorni senza interrompersi mai. Quella sì che sarebbe stata una consolazione!

Verso mezzogiorno Florian provò ad attirarmi in cucina con la pasta e il gulasch. Resistetti alla tentazione e me ne restai a letto.

A un certo punto entrò in camera mia Dorothee e si mise a sedere sul bordo del letto.

«Cavolo, Lotte,» disse con tono compassionevole «non sai quanto mi dispiace… Ed è successo proprio ieri quando io non c'ero».

Non le avevo ancora perdonato di essersi iscritta al corso di equitazione estivo senza di me. Magari sotto sotto a lei e a Inga aveva fatto piacere che Gento fosse stato venduto… Quella vipera, e pensare che io l'avevo sempre considerata la mia migliore amica! Mi auguravo che così non fosse, ma ormai di lei non mi fidavo più.

«Lascia perdere» le risposi, non guardandola neppure.

«Su, dai». Mi scosse leggermente la spalla. «Andiamo al circolo. Il signor Kessler voleva sapere se saresti uscita a cavallo».

«No» replicai. «Non rimetterò più piede nella scuderia. Mai più. E non mi alzerò più dal letto, morirò qui».

Dorothee fece un sospiro. Dopo un po' si arrese e uscì.

Nel tardo pomeriggio sentii arrivare l'auto di papà e il nostro cane che lo salutava abbaiando entusiasta. Gli uccelli cinguettavano sugli imponenti tigli del giardino. Cathrin e Florian dovevano esser seduti fuori in terrazza, mi arrivavano dalla finestra aperta le loro risate e le voci squillanti. Avrei anche potuto essere morta, la cosa li lasciava del tutto indifferenti. Piansi un po' per autocommiserarmi.

Poco dopo bussarono alla porta. Era papà, con un piatto in mano.

«Non voglio mangiare. Né ora né mai» dissi fissando il soffitto. Con la coda dell'occhio intravidi però una fetta di pane spalmata di crema di nocciole, così come piaceva a me.

Papà posò il piatto sulla scrivania, prese la sedia e si accomodò.

«Mi dispiace molto che abbiano venduto Gento» iniziò. «E capisco quanto tu ci stia male».

«E come fai a capirlo?» ribattei seccata. «Non lo hai nemmeno conosciuto! Per te Gento era solo un cavallo come tanti».

«Può darsi» disse papà. «Credo tuttavia di poter capire il tuo dolore e ti sono vicino. Purtroppo capita spesso nella vita di dover perdere qualcuno a cui si tiene molto. Anch'io ero molto triste quando sono morti i miei genitori, nonostante avessi voi e vostra madre».

Lo guardai e mi tornò in mente quanto aveva pianto per la morte di suo padre. Avevo appena sei anni, eppure me ne ricordavo benissimo, perché era la prima volta che vedevo piangere mio padre.

«La gente muore» proseguì papà. «A volte – ed è ancora peggio – sono i bambini a morire. Oppure si perdono gli amici perché magari ci si trasferisce lontano da loro. Tu hai perso Gento, perché è stato venduto senza che tu potessi farci niente. Di colpo è sparito dalla tua vita. È terribile e spaventosamente triste, ma può capitare a chiunque di perdere un affetto».

Al piano di sotto riecheggiò la voce di Flori. Vergognandomi un po' pensai che me ne sarebbe importato meno se a sparire per sempre dalla mia vita fosse stato quel rompiscatole di mio fratello.

«Anche il dolore fa parte della vita» continuò papà. «Spesso serve a farti capire quanto tieni a qualcuno. Ma il tempo attenua tutte le ferite e anche il dolore diventa mano a mano più sopportabile. Vedrai che arriverà il giorno in cui ti ricorderai con piacere del tempo passato con Gento e poi ti affezionerai a un altro cavallo, così come è successo con lui».

«No, non succederà più!» protestai con impeto. «Non mi legherò mai più al cavallo di qualcun altro. Perché prima o poi venderanno anche quel cavallo e mi ritroverò punto e a capo! Volevo comprarlo io Gento, mi ero portata dietro apposta il mio libretto di risparmio, ma quell'uomo ha dato al signor Lauterbach quarantacinquemila euro…»

Ripensando alla mia umiliante proposta, mi lasciai nuovamente sopraffare da un sentimento di rabbia incontenibile.

«Sei andata da quell'uomo a chiedergli di venderti Gento?» domandò papà incredulo.

«Sì». Mi tirai su seduta. «D'un tratto non mi importava più di niente. Da una parte c'era Gento nel suo box, dall'altra il rimorchio per cavalli. Ho pensato: ora o mai più. Tuttavia mi sono soltanto resa ridicola. Nient'altro».

Mantenni lo sguardo cupo dritto davanti a me. L'unica soddisfazione che mi ero presa era stata gettare ai piedi di quell'insensibile di Lauterbach i suoi miseri venti euro.

«È stato coraggioso da parte tua» constatò papà. «Tenevi davvero così tanto a Gento?»

«Lui era tutto per me» risposi sincera. «Gli volevo bene».

«Devi vederla in questo modo» osservò papà qualche istante dopo. «Tu e Gento avete passato dei bei momenti insieme. A quanti capita di legarsi a un cavallo così? Ora le vostre strade si sono divise. Quando avrai smesso di soffrire, ti accorgerai di essere cresciuta. Una parte di te se ne sarà andata, ma sono certo che qualcosa di nuovo ti stia già aspettando. Tutti gli addii sono difficili, però occorre trovare la forza di andare avanti…»

Feci un respiro profondo.

«Be', in effetti credo di sentirmi già un po' meglio» dovetti ammettere. «In fin dei conti Gento non è morto. Il suo nuovo proprietario mi ha invitata ad andarlo a trovare tutte le volte che voglio. Mi ha dato il suo indirizzo e il suo numero di telefono».

«Lo vedi? Che ti dicevo?» Papà sorrise accarezzandomi i capelli arruffati. «Venerdì partiamo per la Francia. Una volta tornati, vedrai tutto con occhi diversi. E poi andremo di tanto in tanto a trovare Gento. D'accordo?»

«Sì». Mi sforzai di sorridere. «Grazie, papà. Comunque sia, non tornerò più al circolo».

«Staremo a vedere...» Papà si alzò. «E ora mangia quel che ti ho portato, non voglio che tu muoia di fame».

CAVALLI IN SPIAGGIA

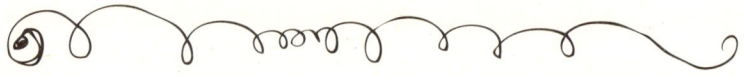

Venerdì partimmo per la Francia verso le sei del mattino. Io, Cathrin e Florian andammo avanti con la station wagon di papà, la mamma ci seguì con Phil, il nostro cane Alissa e il sedile posteriore della sua macchina pieno di bagagli. L'estate trascorrevamo quattro settimane sull'isola di Noirmoutier, sulla costa occidentale della Francia, sin da quando avevo memoria. Papà prendeva sempre le ferie tutte in una volta, era infatti convinto che ci volessero almeno quattro settimane di fila per riposarsi sul serio. Quel riposo doveva servire per tutto l'anno, visto che poi non ci muovevamo più, né a Natale né a Pasqua.

Io mi ero portata dietro un bel po' di libri, mentre avevo lasciato a casa tutta l'attrezzatura da equitazione. Quell'estate non volevo più saperne di cavalli, e da quando avevano portato via Gento non avevo più rimesso piede al circolo ippico.

Papà e mamma avevano voluto risparmiarci milletrecento chilometri tutti in una tirata, per questo ci fermammo a dormire come ogni anno da amici nei pressi di Orléans, per poi proseguire il viaggio il giorno dopo.

Ovviamente nemmeno in vacanza papà e mamma riuscivano a fare a meno di bombardarci di cultura. Stavolta c'era in programma il castello di Chambord, il più grande e sontuoso di tutti i castelli della Loira con le sue torri bianche che svettano su distese di prati verde brillante. In mezzo a una gran folla di turisti visitammo il castello con i nostri genitori che, guida alla mano, ci illustravano tutto ciò che valeva la pena conoscere. Ci colpì in modo particolare l'insolita scala a chiocciola nel cuore del maniero. In realtà, le scale erano due, da una si saliva, dall'altra si scendeva, senza incrociarsi mai. Persino mio fratello Phil la trovò una genialata tale da togliersi per un attimo le cuffiette.

«Mi piacerebbe abitare qui!» esclamai entusiasta mentre visitavamo la camera della regina al primo piano. Dalla finestra si godeva una vista magnifica sui vasti prati, sul fiume e sul parco retrostante con i suoi ampi viali. «Dev'essere semplicemente stupendo cavalcare la mattina presto in mezzo alla nebbia» dissi tutta eccitata, immaginandomi al galoppo su un destriero bianco come la neve.

«Avevo capito che non volevi più cavalcare in tutta la tua vita» asserì Cathrin seguendo la tipica logica da sorella minore.

«Non sono affari tuoi» risposi freddamente.

Nonostante avessi giurato a me stessa che non avrei neanche più guardato un cavallo, continuavo a vedere tutto con gli occhi di una cavallerizza. Cominciavo già a pentirmi di non aver preso, accecata dalla rabbia, l'attrezzatura da equitazione, ma mi sarei tagliata la lingua piuttosto che ammetterlo.

Dopo tre ore di viaggio uscimmo dall'autostrada nei pressi di Nantes. Quando lessi per la prima volta "Noirmoutier" su un cartello stradale, provai un po' di allegria per la vacanza che mi aspettava.

Papà abbassò il finestrino. «Sentite già la salsedine nell'aria, ragazzi?» chiese come ogni anno. «Presto vedremo il mare!»

Ci leccammo le labbra, protestando perché erano già fin troppo salate. Papà rise e Flori tentò di scorgere il mare all'orizzonte. La scuderia del circolo ippico sembrava lontana anni luce!

Di sabato pomeriggio il lungomare era ovviamente affollato, e ci volle un'altra ora e mezza prima di arrivare a Beauvoir-sur-Mer. Leggemmo su un gigantesco tabellone che in quel momento la bassa marea aveva raggiunto il suo picco massimo. C'erano due possibilità per raggiungere Noirmoutier. La variante cosiddetta noiosa era il ponte che congiungeva l'isola alla terraferma. La seconda possibilità era il Passage du Gois, una vecchia strada sulla diga che emergeva dalle acque con la bassa marea ed era percorribile solo per poche ore. Dei pannelli su ambo i lati della strada indicavano gli orari in cui si poteva passare senza correre rischi. Tutti gli anni, però, c'erano i soliti incoscienti che, sottovalutando la rapidità con cui l'alta marea si avvicinava, venivano colti di sorpresa dall'acqua lungo la traversata di quattro chilometri e mezzo. A distanza di qualche centinaia di metri l'una dall'altra c'erano le *balises*, torrette di salvataggio in legno sulle quali ci si poteva mettere in salvo quando saliva la marea. Le auto restavano ovviamente sulla strada, e venivano gravemente danneggiate dall'acqua salata.

La traversata sul Passage du Gois era sempre emozionante. Abbassavamo i finestrini e inalavamo l'aria fresca del mare. I banchi di conchiglie sparse puzzavano di alghe marce, e anche l'acqua salmastra che ristagnava ovunque in grandi pozze aveva uno strano odore. Ma era normale. Intere famiglie munite di secchi guadavano la fanghiglia a destra e a sinistra della strada raccogliendo conchiglie e granchi portati lì dall'alta marea.

Ormai non mancava molto. Proseguimmo sulla strada a quattro corsie verso Noirmoutier-en-l'Île, l'omonimo centro dell'isola. Da lì si passava oltre L'Épine per raggiungere L'Herbaudière, la zona più a nord della piccola isola. Tutti gli anni temevamo che qualcosa potesse essere cambiato, ma anche stavolta le nostre preoccupazioni si rivelarono infondate. Salutammo la torre del serbatoio dell'acqua, ai cui piedi scorgemmo gli orti dove crescevano le tipiche patate rosse dell'isola, il laboratorio di ceramica, il vecchio mulino, l'insegna del villaggio e le case vacanze tutte bianche con nomi familiari come "Stella Maris", "Luciole" o "Moulin Rouge".

Una volta giunti davanti all'ingresso della casa in Rue du Grand Mûrier, che prendevamo in affitto ogni estate, balzai giù dall'auto per andare a togliere la catena. Papà e mamma parcheggiarono le loro macchine accanto alla villetta intonacata di bianco con il tetto dalle tegole rosse e le imposte azzurre. Una volta scesi, ci sgranchimmo le gambe per il lungo viaggio, ispezionando la proprietà e i dintorni, mentre papà andò a recuperare le chiavi di casa. I nostri amici Couasnon di Le Mans avevano anche loro una casa in quella via, e in mattinata avevano ritirato le chiavi per conto nostro presso l'agenzia immobiliare *Claude Vrignaud* di Noirmoutier. Seguendo le istruzioni della mamma, scaricammo tutte e due le vetture e portammo dentro casa i bagagli.

La casa aveva una torretta con una scala esterna in cui si trovavano due camere da letto. Qui stavamo noi ragazzi. Al pianoterra c'erano invece la camera da letto dei nostri genitori, il soggiorno, la cucina e il bagno.

Quando papà tornò un quarto d'ora dopo con le chiavi, prendemmo finalmente possesso della villetta. Tutto era così familiare, nulla era cambiato nel corso degli anni: la rete da pesca alle pareti del soggiorno con le lampade colorate di dubbio gusto, il collare da cavallo con lo specchio, la traballante lampada da terra, i cuscini colorati all'uncinetto sulle sedie, il divano logoro a furia di sederci sopra e lo stemma della regione in ferro battuto sopra il caminetto. Dopo aver stilato un lungo elenco, la mamma stipò in una cassapanca di legno tutti gli "orrori" della casa, in modo tale da risparmiarci la loro vista nelle quattro settimane successive. In vacanza era papà che si occupava di fare la spesa, quindi prese Flori con sé e insieme andarono nel suo supermercato preferito. Phil, Cathrin e io trascinammo le nostre cose su nella torretta.

«Solo per tua informazione,» ammonii mio fratello, «stavolta nella camera che dà sul davanti ci dormiamo io e Cathrin. Voi ci siete stati l'anno scorso».

«Chi primo arriva…» Con un ghigno Phil scaraventò la sua valigia sul letto della stanza ambita e cercò di sbarrarci l'ingresso.

«Fuori di qui!» Lo trascinai via per un braccio. Ci fu una breve rissa, ma alla fine il nostro fratellone dovette arrendersi alla superiorità femminile.

«Stupide capre» borbottò con una smorfia di stizza.

In realtà era del tutto indifferente chi dormiva dove, perché in ogni caso avremmo trascorso lì sopra il minor tempo possibile.

La mamma ci raggiunse con le lenzuola, ispezionò velocemente la stanza e il minuscolo bagno, poi ci fece i letti. In ogni camera c'era un grande letto alla francese. In uno dormivamo io e Cathrin e in quello dell'altra camera Phil e Flori. Purtroppo i materassi di crine avevano già fatto ampiamente il loro corso, tanto che si tendeva a scivolare nel mezzo e lì ci si affossava, ma la cosa non ci dava più di tanto fastidio.

Cathrin aprì la finestra. Faticammo tutte e due per togliere il gancio arrugginito e spalancare finalmente le imposte. L'aria fresca portò via l'odore di muffa e noi ci godemmo la vista familiare sulle saline inondate di sole e sui campi di patate.

«Che bello, la spiaggia, gli scogli!» esclamò Cathrin lasciandosi cadere all'indietro sul letto. «Quattro settimane… che sballo!»

Io avevo lasciato il mio malumore a Bad Soden. Noirmoutier era davvero bella e anch'io ero felice di essere lì.

Papà e Flori tornarono carichi di borse della spesa. La mamma propose che noi andassimo in spiaggia mentre lei avrebbe preparato la cena. Corremmo tutti eccitati nelle nostre camere a prendere costumi e teli da mare. Naturalmente papà venne con noi. Erano le sette e la spiaggia si stava svuotando. Ci vennero incontro auto con a bordo gente abbronzata, cariche di tavole da surf e ombrelloni. Intere famiglie trasportavano pesanti borse frigo, materassini e animali gonfiabili. Imboccammo il primo sentiero battuto fra le dune. L'avevamo battezzato "sentiero delle lumache", perché un anno proprio lì si erano concentrate parecchie lumache tutte insieme. Anche agli altri sentieri avevamo dato dei soprannomi.

«Io vedo il mare!» gridò Flori, che era corso avanti.

«Senti che odore di mare, sole e alghe secche!» Cathrin chiuse gli occhi e allargò le braccia.

«E di cacca di cane» aggiunse Phil seccato, dopo averne calpestata una piuttosto grossa.

Scoppiammo a ridere e Cathrin fece l'offesa.

«Questo non è più il sentiero delle lumache, ma il sentiero della cacca!» strillò Flori, e anche Cathrin rise.

Poco dopo ci precipitammo a piedi nudi sulla sabbia calda delle dune. Ed eccola là, proprio davanti a noi, straordinaria e quasi deserta, la meravigliosa spiaggia incontaminata di Luzéronde, che per un ampio tratto si inarcava dolcemente verso la punta di L'Épine. Qui non c'erano alberghi, bar sull'arenile, chioschi del gelato, rumorosi acquascooter... solo spiaggia, dune e mare. Davanti agli scogli che punteggiavano la baia, ondeggiavano barche ormeggiate nella leggera risacca. Non lontano dalla costa si scorgeva l'isoletta col faro, l'Île du Pilier, e dietro la sconfinata distesa dell'Atlantico.

Papà, Phil, Cathrin e Flori corsero a tuffarsi in acqua fra grida e risate entusiaste. Io, invece, che mi ero fermamente riproposta di nuotare ogni giorno quest'anno che non sarei andata a cavallo, non mi allontanai troppo dalla riva. L'acqua era così fredda che dovetti trattenere il fiato.

«Buttati, Lotte!» gridò papà. «Una volta dentro è stupendo!»

Lo diceva sempre, ma sapevo per esperienza che anche se mi fossi tuffata l'acqua sarebbe rimasta sempre gelida.

«Fifona! Fifona!» gridarono Phil e Cathrin, i due tri-
chechi.

«Lotte ha paura dell'acqua!» mi prese in giro Flori.

Già, aveva ragione. A differenza dei miei fratelli, io ero
tutt'altro che una nuotatrice provetta, e il mare, i laghi e
le piscine preferivo vederli da lontano. Inoltre le alghe
mi facevano davvero ribrezzo, anche se papà tentava di
rassicurarmi dicendo che erano segno di acqua pulita.

Finalmente mi lasciarono in pace e andarono a nuotare al largo. Io mi accomodai sul mio telo a godermi la
vista verso il mare, la vasta spiaggia ormai deserta e l'e-
norme sfera arancio rossastra del sole che si avvicinava
lentamente all'orizzonte.

In quel momento in lontananza spuntò un gruppo di
persone a cavallo. Mi tirai su seduta e le guardai lan-
ciare i loro cavalli verso la spiaggia. Ecco che tornava
la malinconia. Sette cavalli avanzavano a briglia lunga
uno dietro l'altro. La ragazza sul primo cavallo gridò
qualcosa ai suoi compagni che accorciarono le briglie.
Con un velo d'invidia osservai i bai, i pezzati e i sauri.
Che fortuna poterli cavalcare!

All'inizio andarono al trotto, poi al galoppo. Il rumore sordo degli zoccoli sulla sabbia scomparve poco
dopo insieme ai cavalli divenuti ormai puntini indistinti
dietro la lingua di terra. Rimasero solo le loro impronte,
che più tardi l'alta marea avrebbe cancellato. Ah, doveva essere davvero stupendo cavalcare al tramonto sulla
battigia!

La spiaggia era morbida e pianeggiante, una pista perfetta, senza sassi e senza buche. I gabbiani strillavano e la risacca mugghiava: in quel preciso istante mi dissi che ero stata davvero una sciocca a non essermi portata dietro l'attrezzatura da equitazione.

ARIA DI CAVALLI

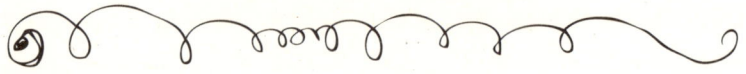

Trascorsi i primi due giorni a Noirmoutier non pensando ad altro che ai cavalli. Io e i miei fratelli andavamo al mare con Olivier, Hélène e Jerôme, i figli dei Couasnons. Ci conoscevamo fin da piccoli e tutti parlavamo un po' di francese e un po' di tedesco, per capirci senza problemi. In spiaggia giocavamo a pallavolo e a bocce, nuotavamo, litigavamo e ci scatenavamo ritrovandoci anche la sera dopo cena per andare ad arrampicarci sugli scogli.

Olivier e Phil, che erano coetanei, prendevano a noleggio le tavole da surf, e ben presto a forza di fare pratica nella baia erano diventati surfisti niente male. Cathrin e Hélène giocavano a canasta, infilando le carte nella sabbia in modo che non volassero via. Flori e Jerôme passavano il tempo a costruire castelli di sabbia e a correre in giro come matti. Papà, mamma, Jean-Paul e Josiane chiacchieravano, leggevano il giornale, incontravano altri amici o si stendevano al sole, quando non nuotavano o facevano passeggiate interminabili. Dopo dieci estati trascorse a Noirmoutier conoscevano chiunque, e non passava pomeriggio che non venissero invitati a qualche aperitivo, una consuetudine in Francia, che si protraeva poi fino a tarda sera. Questo era il loro ideale di vacanza.

Io, invece, mi annoiavo a morte e non facevo altro che cercare segretamente con lo sguardo i cavalli.

La mattina del terzo giorno senza cavalli eravamo seduti in terrazza a far colazione quando percepii chiaramente un rumore di zoccoli. Un altro gruppo di cavalieri stava passando davanti casa in direzione della spiaggia. Feci un respiro profondo e rimisi nel piatto la baguette che avevo appena addentato.

«Cosa c'è adesso?» chiese papà.

«Che peccato non essermi portata dietro l'occorrente per andare a cavallo...» Guardai quel gruppo con aria malinconica fin quando non scomparve al bivio della strada. Pochi minuti dopo avrebbero galoppato sulla battigia, e io invece me ne sarei rimasta lì seduta con nient'altro che un mucchio di libri!

«Mmm». Papà aprì il quotidiano locale. «Senza stivali e senza cap purtroppo non puoi cavalcare».

«Lotte,» intervenne la mamma interrompendo i miei tristi pensieri «vai per favore nel ripostiglio e controlla nello scaffale se abbiamo altro detersivo. Devo fare la lista della spesa».

Lì per lì mi meravigliai: com'era possibile che nell'arco di tre giorni avessimo consumato un flacone intero di detersivo per piatti? Feci lo stesso quel che mi chiedeva, ma al posto del detersivo trovai qualcosa di ben diverso: gli stivali con sopra ripiegati i miei pantaloni grigi da cavallerizza e sopra a quelli il cap. Di nascosto la mamma aveva portato dietro tutto quanto, e io non mi ero accorta di nulla!

Tornai di corsa dalla mamma.

«Oh, mamma, sei un tesoro!» Le gettai le braccia al collo.

«Ho pensato che qui forse ti sarebbe tornata la voglia di cavalcare» disse facendomi l'occhiolino.

E aveva ragione! A milletrecento chilometri dal circolo la sofferenza per la perdita di Gento e la delusione per essermi persa il corso di equitazione erano quasi del tutto scomparse.

Dopo colazione papà mi accompagnò al maneggio, che qui si chiamava "club ippico". Era nei sobborghi di Noirmoutier-en-l'Île, me lo ricordavo dall'anno prima, quando avevo pregato invano i miei genitori di farmi cavalcare almeno una volta.

Parcheggiammo davanti a un edificio bianco, basso, con un cartello con su scritto "Ufficio". L'arredamento, piuttosto banale, comprendeva una scrivania in lamiera sgangherata su cui c'era però un computer abbastanza nuovo, due sedie, una radio impolverata e un distributore automatico di bibite ghiacciate che emetteva un leggero ronzio di sottofondo. Appesa alla parete c'era una grande cartina ingiallita dell'isola. Alcuni istanti dopo arrivò dal paddock una donna graziosa dai capelli neri in pantaloni da cavallerizza. Mi balzò il cuore in gola.

«*Bonjour*» ci salutò. «Véronique Juneau. Dirigo il club insieme a mio marito».

«A mia figlia piacerebbe venire qui a cavalcare» disse papà in francese dopo averci presentati.

«Benissimo». Véronique mi sorrise e si sedette alla scrivania. Aprì il laptop e mi chiese da quanto andavo a cavallo.

«Tre anni» risposi. «Fate anche delle uscite a cavallo alla spiaggia di Luzéronde?»

La giovane donna annuì. «Quelle sono le uscite di due ore. La mattina alle otto e la sera alle sei. Per le uscite di un'ora restiamo qui nei paraggi oppure cavalchiamo nelle Marais salants, le saline dall'altro lato della strada».

«Prendiamo un pacchetto da dieci corse per le uscite da due ore» disse papà con mia somma gioia.

Véronique prese un modulo dal cassetto della scrivania, lo compilò col mio nome, dopo che ebbi fatto lo spelling, e il numero di cellulare dei miei genitori. Papà tirò fuori il portafogli e le porse il denaro.

«*Merci*». Véronique sorrise e infilò le banconote in una cassetta, poi si rivolse a me. «Vuoi vedere i cavalli?»

Eccitata, feci cenno di sì con la testa. Non potevo desiderare di meglio. Ero in grave crisi di astinenza.

Io e papà seguimmo l'istruttrice nell'ampio paddock, al cui interno c'erano due piccoli ostacoli. Nell'erba secca si notava chiaramente l'anello dove facevano correre a briglia lunga i cavalli.

«A dire il vero abbiamo una scuderia nei pressi di Parigi» spiegò Véronique. «D'estate, però, ci piace affittare un posto al mare, così che i nostri cavalli possano riposarsi».

Le scuderie imbiancate erano disposte a forma di U su un ampio spazio sabbioso. Tutti i box avevano sportelli aperti dalla metà in su, affinché i cavalli potessero guardar fuori. Uno stretto passaggio portava al letamaio e al fienile, e c'era inoltre una vasca in calcestruzzo per il lavaggio dotata di sistola. Un uomo sulla cinquantina col volto segnato dalle intemperie era impegnato a ripulire dal letame un box vuoto. Mi scrutò e mi fece l'occhiolino con aria amichevole.

«Abbiamo sette cavalli per i turisti» iniziò a spiegare Véronique proprio mentre il gruppo di persone che avevo visto a colazione stava rientrando dalla cavalcata mattutina. «Inoltre abbiamo i puledri e i cavalli da corsa. Ma questi non li diamo a noleggio».

Poco dopo fummo circondati dai cavalieri. Papà si fece rispettosamente da parte, mettendosi al sicuro, io invece restai lì in mezzo e notai qualcosa che smorzò un po' l'entusiasmo per la mia prima uscita a cavallo. Nessuno di quei cavalli indossava la martingala, contrariamente a quelli cui io ero abituata. Anche le selle erano completamente diverse: piatte e senza le comode maniglie. Ma quando vidi più da vicino le tre donne e le due ragazze che avevano partecipato alla cavalcata ripresi coraggio. Nessuna di loro indossava pantaloni da equitazione o stivali, erano uscite a cavallo in jeans e scarpe da ginnastica e non davano l'impressione di essere cavallerizze esperte, quindi i cavalli dovevano per forza essere mansueti.

Aveva fatto loro da guida il marito di Véronique, Nicolas, un uomo alto e abbronzato. Dopo aver messo in mano all'uomo sulla cinquantina le briglie del suo cavallo e aver salutato con gentilezza me e papà, Nicolas si accese una sigaretta e, rivolgendosi a me, ripeté la domanda fatta poco prima dalla moglie.

«Da quant'è che vai a cavallo?»

«Tre anni» ripetei.

«Hai già cavalcato all'aperto o solo nel maneggio coperto, come si fa di solito in Germania?» Nicolas mi squadrò da capo a piedi e lo sguardo dei suoi occhi azzurri mi mise in imbarazzo.

«No, cavalchiamo anche nel piazzale o nel bosco» dissi timidamente con voce stridula, sentendomi avvampare.

«Charlotte ha preso il patentino di equitazione l'anno scorso e adesso non vede l'ora di galoppare sulla spiaggia» spiegò papà, e io già temevo che avrebbe detto che ero una cavallerizza provetta o qualcosa del genere. Invece non fece niente di tutto ciò e ben presto lui e Nicolas Juneau presero a parlare d'altro.

Ebbi così il tempo di guardarmi un po' intorno. Le cinque amazzoni avevano lasciato i cavalli all'uomo sulla cinquantina e a Véronique. Aiutai prontamente

Véronique con le briglie di un baio e di un sauro chiaro che mi fu concesso di riportare nel suo box. Si chiamava Kébia. I nomi dei cavalli erano scritti col gesso sugli sportelli dei box, ed erano tutti altisonanti nomi esotici, ben diversi da quelli poco fantasiosi dei cavalli del nostro circolo. C'erano un robusto cavallo bianco di nome Ibis des Landes, una giumenta saura di nome Hirondelle, un baio ossuto chiamato Gosse d'Irlande. E ancora, Caramel, Linotte, Jonquille, Le Zaza, Kébia, Erable, Brunette du Bois e Hélice. Il pezzato che mi aveva colpito il primo giorno sulla spiaggia si chiamava Lucky Luke. Avevo ormai messo da parte la mia preoccupazione per quelle selle davvero curiose.

«Allora, a stasera alle cinque e mezza» mi disse Nicolas con un sorriso. E all'improvviso non vedevo l'ora che la giornata volgesse al termine.

LA PRIMA CAVALCATA
IN SPIAGGIA

Alle quattro e mezza presi la bicicletta scassata nel garage di casa nostra e percorsi la strada provinciale fino al club ippico. Il cap penzolava dal manubrio e cominciai ben presto ad avere un gran caldo a causa dei pantaloni e degli stivali da equitazione. Ero curiosa di sapere quale cavallo mi sarebbe toccato per la mia primissima cavalcata in riva al mare.

Un quarto d'ora dopo lasciai la bicicletta davanti all'ufficio del club. Véronique e suo marito erano lì, e sorseggiavano una tazza di caffè nonostante il caldo afoso mentre decidevano i cavalli da assegnare per la passeggiata serale.

«Charlotte, tu puoi prendere Caramel» disse Véronique. «È bravissimo».

«Se ti va, puoi cominciare a strigliarlo» aggiunse Nicolas in tono gentile. «Cécile ti mostrerà dove sono i finimenti e l'occorrente per pulirlo».

«Chi è Cécile?» domandai.

«La individuerai facilmente: ha una mezza ferramenta in viso. Non puoi sbagliare» sogghignò Nicolas.

Lì per lì non afferrai il concetto, ma poco dopo capii cosa intendeva.

Cécile era una ragazza di circa vent'anni con capelli scuri corti e jeans attillatissimi. Era davvero molto carina, non fosse stato per i tanti piercing alle sopracciglia, al naso e al labbro inferiore. Mi venivano i brividi al solo pensiero di quanto male dovevano averle fatto tutti quei buchi. Non mi sarei sognata mai e poi mai di fare una cosa del genere!

«*Salut*» mi salutò masticando il chewing-gum. «Che cavallo devi prendere?»

«Caramel» risposi.

«Ok». Cécile mi accompagnò al deposito della scuderia, mi mostrò la sella e il filetto di Caramel e mi indicò una cassetta con dentro l'occorrente per la pulizia ammassato in modo alquanto caotico.

Presi una brusca, un bruschino e una spazzola più o meno pulita e fui felice di non dover restare in attesa della passeggiata senza fare nulla, perché ero tremendamente eccitata. Per anni avevo implorato di poter andare a cavallo a Noirmoutier, e adesso finalmente il mio sogno si stava avverando! Per tutto il pomeriggio avevo avuto paura che mi venisse un'insolazione o qualsiasi altra cosa che mi avrebbe impedito di cavalcare. All'improvviso pensai a Dorothee. Avevo cancellato il sospetto che potesse esser stata contenta della vendita di Gento. E le avevo perdonato anche il fatto di partecipare senza di me al corso di equitazione. Peccato che non fosse qui! Con lei sarebbe stato ancora più divertente!

Caramel era un castrone sauro chiaro di media grandezza con la criniera biondo paglierino e gli occhi più buoni del mondo. Divenne subito il mio cavallo preferito. Lo pulii e lo sellai nel box.

Alle sei meno un quarto tutti coloro che avrebbero partecipato alla cavalcata si riunirono nel cortile davanti alle scuderie. Con me ci sarebbero state altre due ragazze, oltre a un uomo e la sua fidanzata dai capelli rossi in pantaloni chino e mocassini. Quei due non sarebbero mai stati in grado di sellare i cavalli da soli.

«Charlotte». Véronique mi venne incontro. «Ti dispiacerebbe montare Brunette? Credo sia meglio che la signora prenda Caramel».

Senza farsi notare accennò con la testa alla donna dai capelli rossi in mocassini. Deglutii. Brunette sembrava avere un temperamento molto più focoso del mite Caramel.

«Va bene». Feci spallucce e porsi alla rossa le briglie del mio cavallo.

La baia Brunette drizzò le orecchie e digrignò i denti quando Cécile strinse il sottopancia.

«A volte è un po' ostile al morso» mi spiegò Cécile. «E le piace molto il galoppo. In fin dei conti è una purosangue. A parte questo è ok».

La giumenta mi ricordò mio malgrado Hanko, il cavallo della scuola che mi piaceva meno di tutti. A un tratto ebbi paura che gli altri fossero già in sella e stessero aspettando solo me. A questo punto era impossibile chiedere un altro cavallo a Véronique. Mi avrebbero senza dubbio scambiata per una fifona!

«*Allez hopp!*» gridò Nicolas di buonumore, e io balzai in sella a Brunette pregando in silenzio che filasse tutto liscio. La giumenta si spostò di lato prima che riuscissi a infilare il piede destro nella staffa e per poco non persi l'equilibrio. Mi augurai che non fosse di cattivo auspicio!

Attraversammo in fila il complesso residenziale. Gli zoccoli dei cavalli risuonavano sull'asfalto, ma la gente seduta in giardino o in terrazza non badò a noi, erano abituati a vederli passare di lì tutti i giorni.

Alla torre del serbatoio idrico attraversammo la provinciale e cavalcammo accanto all'allevamento di capre. Decine di animali rosicchiavano l'erba secca e salata protetti da un metro e mezzo di rete metallica arrugginita. Proprio dietro agli edifici bassi e lunghi, al cui interno si produceva dal latte delle capre il formaggio tipico del posto, iniziavano le Marais salants. Le saline coprivano una vasta area dell'isola, poiché i terreni non erano adatti all'agricoltura. In primavera l'acqua del mare veniva incanalata in vasche ampie e basse. D'estate con il sole l'acqua evaporava, e allora rimanevano i granelli di sale che venivano accatastati in grossi mucchi e travasati in sacchetti per essere spediti in ogni parte del mondo come l'apprezzato *fleur de sel*.

«Al trotto!» ci incitò all'improvviso Véronique.

Rabbrividii al pensiero di non aver ancora stretto le briglie!

«*Un instant!*» fu il mio grido disperato nel tentativo di stringerle.

Brunette ballonzolava. I lacci delle briglie continuavano a scivolarmi fra le dita madide di sudore. Mi stavo comportando come una principiante assoluta.

«Vuoi che ti aiuti?» Nicolas si avvicinò col suo cavallo alla mia giumenta.

«No, grazie, ce la faccio» replicai imbarazzata raccogliendo le briglie.

Ora andavamo al trotto. Quella sella era davvero strana. La seduta era dura come il legno e, proprio come avevo immaginato, non c'erano appoggi per le ginocchia che mi avrebbero dato un po' più di sostegno. Percorremmo al trotto gli stretti sentieri che si snodavano fra le vasche di sale quasi inaridite in questa stagione dell'anno. Gli zoccoli dei cavalli sollevavano nubi di polvere. Intravidi qualche mucca e qualche cavallo da tiro che sonnecchiavano su un prato soleggiato. Se ne stavano tutto il giorno sotto il sole senza che ci fosse nulla da mangiare: non era una vita invidiabile.

Dopo qualche minuto avevo già più confidenza con la giumenta baia, che proseguiva ordinatamente al trotto dietro a Caramel. La rossa, che non sapeva andare al trotto con naturalezza, balzellava ridacchiando sul dorso del povero cavallo. Perse una staffa, poi uno dei suoi mocassini e a ogni passo di trotto scivolava sempre più di lato.

«Fermi! Fermi!» gridò a un certo punto, ma ormai era troppo tardi.

Prima che Véronique riuscisse a fermarsi, la rossa era già caduta a terra con un tonfo. Tutti si bloccarono, Nicolas scese da cavallo e dette le redini a Véronique. Raccolse la scarpa persa dalla rossa lungo il tragitto e l'aiutò a rimontare in sella. Ma perché le permetteva di partecipare a una cavalcata vestita a quel modo?

«Mi fa male il didietro!» si lamentava ora la donna. «Pensavo fosse molto più semplice andare a cavallo!»

Il suo accompagnatore, che si difendeva bene in sella, alzò gli occhi al cielo, mentre le due ragazze si scambiarono sguardi divertiti. Io restai indietro. Per poco non stavo per ricadere.

Nicolas e Véronique si consultarono rapidamente per decidere infine che Véronique sarebbe tornata al club con l'uomo e la sua fidanzata, mentre Nicolas avrebbe proseguito con me e le due ragazze.

Poco prima delle sette arrivammo agli scogli senza altri contrattempi. Mi ricordai di tutte le volte che da bambina ero passata di qui sognando di essere a cavallo. E ora il mio sogno si stava realizzando.

Attraversammo una pineta, poi davanti a noi comparve l'azzurro luccicante del mare calmo come una tavola. Soffiava una brezza leggera. Alle saline c'erano molte zanzare, invece qui l'aria era fresca e limpida.

Alle sette in punto eravamo sulla spiaggia. I cavalli scivolarono per gli stretti e ripidi sentieri fra gli scogli lisci. Brunette a un tratto si spaventò e tornò di corsa alle dune. Fu un attimo, tanto che non mi accorsi quale fosse il motivo dello spavento. Soltanto in un secondo momento vidi sventolare la vela rossa di una tavola da windsurf appoggiata a uno scoglio. Alla fine riuscii a fermare la giumenta, ma, poco meno spaventata di Brunette, tremavo tutta.

Ero stata così felice di essermi lasciata alle spalle quel sentiero infido e ripido, e adesso dovevo ripercorrerlo una seconda volta! E per di più ora Brunette aveva fretta di tornare dagli altri cavalli. Gli scogli lucidi brillavano qua e là tra la sabbia, e la giumenta scivolò fra le rocce a tutta velocità. Mi vedevo già stesa a terra sotto il corpo pesante del cavallo che dimenava le zampe in aria impotente facendomi sudare freddo. Non c'era un altro sentiero che ridiscendeva giù verso la spiaggia? Brunette nitrì a più non posso, poi dette uno strattone con la testa tirando con forza la briglia.

«Santo cielo, e ora?» borbottai a denti stretti, maledicendo me più che il cavallo. «Dai, non fare la stupida».

«Piano, Charlotte!» gridò Nicolas dalla spiaggia. «Vuoi che venga ad aiutarti?»

«No, ce la faccio da sola» dissi con un moto d'orgoglio.

Strinsi energicamente le redini e guidai la giumenta

giù per il sentiero. In effetti fu più facile di quanto immaginassi. Una volta in spiaggia tirai finalmente un gran sospiro di sollievo.

L'acqua era scesa di nuovo, il picco dell'alta marea era già passato. Una lingua di sabbia umida si estendeva in lunghezza per tutto l'arenile: una pista da corsa perfetta!

«Tutti in fila al galoppo!» ci spronò Nicolas. «Nessuno mi superi, intesi?»

Annuimmo stringendo le briglie.

«Pronti? Via!»

Pensavo di essermi lasciata alle spalle il momento più emozionante della cavalcata, e invece dovevo essermi sbagliata, perché Brunette invece di galoppare si lanciò come da una catapulta. Strinse energicamente il morso e, ancor prima che me ne accorgessi, ero già accanto a Nicolas.

«Ehi!» mi disse. «Dovresti starmi dietro!»

«Ci sto provando!» gridai afferrando invano le briglie. Brunette non reagì, al contrario, andò sempre più veloce.

«Allora falla correre!» mi consigliò Nicolas. «Attenta però a non cadere!»

Stremata, allentai la presa sulle briglie e la giumenta dette un'accelerata così potente da togliermi il fiato. Mi schiacciai sulla sella e chinai la testa aggrappandomi alla criniera con le dita. Non avrei mai creduto che un cavallo al galoppo potesse andare così veloce! Avevo la straordinaria sensazione che la giumenta sotto di me volasse.

La spiaggia mi era sempre sembrata infinitamente lunga, ma ora mi accorsi terrorizzata di aver percorso la lingua di terra in una manciata di secondi. I miei ripetuti tentativi di frenare la folle corsa di Brunette furono da questa puntualmente ignorati.

«Fermati, bestiaccia!» urlai tirando la briglia sinistra.

Mi sporsi all'indietro dando delle brusche frenate. Finalmente la giumenta iniziò a rallentare per poi passare definitivamente al trotto. Voltandomi, vidi il grande stacco che avevamo dato a Nicolas e alle altre due ragazze dietro di noi. Brunette sbuffò diverse volte. Sollevata, le detti dei colpetti sul collo umido e sentii il mio tremore svanire progressivamente.

«Allora? Tutto bene?» mi gridò Nicolas fra il divertito e il preoccupato.

«Sì!» Ero ancora a corto di fiato, ma poi mi misi a ridere. Era stato fantastico, un'emozione indimenticabile, quasi come un giro sulle montagne russe.

Nicolas avvicinò il suo cavallo al mio.

«Brava» mi lodò con mia sorpresa. «Brunette ha già dodici anni e in realtà è un cavallo mite, ma a volte si ricorda dei bei tempi passati…»

«È ancora velocissima» commentai. «Non avevo mai galoppato così veloce!»

Ed ecco davanti a noi la prossima spiaggia.

«Vogliamo riprendere il galoppo?» chiese Nicolas.

«Ma certo!» rispondemmo tutti assieme.

Evidentemente Brunette aveva già dato il meglio di sé, e stavolta si mantenne dietro al cavallo di Nicolas. Guardai il sole che stava tramontando sulla distesa luccicante e sterminata del mare, godendomi il venticello che mi accarezzava il viso: ero la ragazza più felice del mondo!

UN NUOVO CAVALLO

La mattina a colazione non vedevo l'ora di montare sulla mia bici scassata per andare al club. I miei fratelli mi prendevano in giro per il fatto che non mi sarei abbronzata neanche un po' considerato che passavo le giornate dietro ai cavalli in qualche scuderia, ma ormai le loro frecciatine pungenti non mi facevano più né caldo né freddo. Come potevo oziare in spiaggia stesa al sole quando c'erano dei cavalli lì nei paraggi? Papà e mamma si strinsero nelle spalle dicendo che conoscevo la strada per arrivare alla spiaggia, non appena avessi finito di strigliare i cavalli al club e di rimuovere il letame dai box. Erano le nove e mezza quando, ansimante per la corsa, lasciai la bici davanti all'ufficio.

«Salve, Charlotte» disse Véronique sorpresa di vedermi. «Volevi andare a cavallo questa mattina?»

«No, no». Ero tesa e un tantino a disagio. Sperai non pensassero che volessi imporre loro la mia presenza.

«Mi chiedevo se magari qui avrei potuto rendermi utile» dissi imbarazzata. «Mi annoio a morte tutto il santo giorno in spiaggia».

«Una mano fa sempre comodo». Véronique sorrise. «Ma tu qui sei in vacanza».

«Per me i cavalli sono vacanza più di qualsiasi altra cosa» le assicurai.

La donna non si lasciò sfuggire una risata. «Ok, vieni con me. Ieri sera ci è arrivato un nuovo cavallo. Andiamo a vederlo».

Strafelice e super emozionata la seguii attraverso il paddock fino al box. Cécile e Nicolas stavano già aspettando davanti alle scuderie, c'erano poi una ragazza e un ragazzo più o meno della mia stessa età.

«Vi porto un'altra volontaria» disse Véronique.

«*Salut*, Charlotte» mi disse Nicolas in tono amichevole. «Preferisci dunque passare qui le tue vacanze invece che in spiaggia?»

«Ehm, sì». Arrossii.

Il ragazzo mi squadrò da capo a piedi con aria di supponenza e se ne uscì con un: «Figurarsi…». Poi si soffiò via una ciocca di capelli dal viso e distolse nuovamente lo sguardo annoiato. Il ciuffo scuro continuava a ricadergli sugli occhi, azzurri come quelli di Nicolas. Era forse il figlio di Nicolas e Véronique? Era piuttosto carino, e sembrava saperlo fin troppo bene.

«Be', tu comunque qui non muovi un dito» lo punzecchiò la ragazza. Poi, rivolgendosi a me con un sorriso, si presentò: «Io sono Sophie e questo è mio fratello Thierry».

«I miei nipoti» precisò Nicolas prendendo una cavezza. «Ora andiamo a vedere il nuovo cavallo».

«Sono proprio curiosa!» si entusiasmò Sophie. «L'ho

visto soltanto di sfuggita ieri sera mentre lo stavano scaricando».

Sophie era esile e carina. Aveva capelli scuri lisci e occhi marroni. Indossava un top giallo e degli shorts, un abbigliamento non particolarmente pratico per una scuderia, ma accanto a lei, con i miei pantaloni da cavallerizza e le scarpe da ginnastica, mi sentivo piuttosto a disagio.

Nicolas si diresse verso un box e dopo un po' spalancò la porta. Dopo qualche secondo lo sentimmo imprecare, quindi un cavallo baio sfrecciò fuori e ci venne incontro al galoppo. Thierry gli si parò davanti agitando le braccia, ma il cavallo, imperterrito, puntò dritto verso di lui.

«Maledizione!» gridò il ragazzo, mettendosi al sicuro con un balzo dietro alle balle di paglia.

Incredula, rimasi come impietrita a fissare il cavallo. Gento! Poi, a ben guardare, mi accorsi che con il mio Gento aveva in comune solo il colore. Roteava gli occhi irrequieto, le orecchie erano abbassate. Quel cavallo sembrava davvero pericoloso. Galoppò per il cortile in preda al panico finché non individuò il cancello aperto del paddock e si precipitò in quella direzione. Nitrendo in preda all'agitazione andò al trotto su e giù lungo la parte opposta della recinzione.

Véronique si affrettò a chiudere il cancello e poi rivolse lo sguardo verso Nicolas che tornava dal box con evidenti smorfie di dolore.

«Che diavolo!» Nicolas si massaggiava il braccio. «Ha cercato di azzannarmi quando ho fatto per mettergli la briglia».

«Strano. Ieri con me è stato docile». Véronique era perplessa.

Nicolas si avvicinò alla recinzione del paddock e osservò il cavallo baio. «Ecco perché l'abbiamo avuto così a buon mercato. Doveva pur esserci un motivo» constatò pensieroso. «Probabilmente gli avevano fatto un'iniezione di calmante».

Il cavallo si era un po' acquietato e nel frattempo si era fermato. Ora ci porgeva il didietro, ma con la coda dell'occhio ci osservava attentamente. Aveva tutti i muscoli tesi, era pronto alla fuga o a sferrare un altro attacco in qualsiasi momento.

«Come si chiama?» domandai a Nicolas.

«Stando ai documenti, Diabolo du Manoir». L'istruttore di equitazione si accese una sigaretta. «Questo nome, però, non mi piace».

«Ma gli si addice» osservò Thierry. «È proprio un diavolo, l'hai detto tu stesso».

«Sciocchezze» lo contraddisse suo zio. «Questo cavallo ha cinque anni, non è cattivo, è solo scombussolato. Quando a giugno l'ho visto nella scuderia di un mio conoscente, mi è subito piaciuto. Ha origini di tutto rispetto: suo padre è Quidam de Revel, il padre di sua madre Grand Veneur».

Thierry fischiò in segno di assenso.

«Allora deve avere qualcosa che non va. Sennò non saresti mai riuscito ad aggiudicartelo».

«Forse lo hanno picchiato o maltrattato» rifletté Sophie ad alta voce, appoggiando le braccia sulla recinzione. «Ha paura di noi».

Quel cavallo baio mi piacque subito: aveva lo stesso pelo color castagna di Gento, le nere zampe snelle e la stessa coda nera sontuosa. Era tuttavia magrissimo e trascurato, la criniera era fin troppo lunga e gli ricadeva su ambo i lati del collo. Sopra i grandi occhi scuri si scorgeva una sottile striscia bianca.

«Cosa intendi fare, zio Nicolas?» chiese Thierry spuntando da dietro le balle di paglia. «Lo riportiamo nel box?»

Nicolas scosse la testa. «Lasciamolo stare. Non appena si accorgerà che non gli facciamo niente, magari si lascerà avvicinare».

Ma il cavallo baio non si fece toccare, men che meno prendere. Ogni volta che qualcuno gli si accostava, entrava nel panico. Nicolas alla fine ci rinunciò, temeva infatti che per lo spavento il baio potesse provare a scavalcare la recinzione in legno alta un metro e mezzo.

«Si romperebbe le zampe» spiegò. «Venite, c'è altro da fare».

Dopo che Nicolas ebbe deciso di lasciar stare per il momento il cavallo affinché si calmasse, lui e Véronique uscirono con un gruppo a cavalcare. Io volevo rendermi utile, e così pulii insieme a Sophie e Cécile montagne di finimenti. Lo facemmo sedute fuori al sole e lì venni a sapere che il padre di Sophie e Thierry allenava cavalli per le corse al galoppo e gestiva una scuderia al Bois de Boulogne vicino a Parigi.

A mezzogiorno Véronique fece un'altra uscita con quattro turiste. Non potendo attraversare il paddock, imboccarono la strada lungo i campi di patate sul retro della scuderia. Sophie e Thierry andarono invece in motorino alla Plage des Dames, una spiaggia presso Noirmoutier-en-l'Île. Si erano dati appuntamento lì con degli amici. Sophie mi aveva chiesto se avevo voglia di andare con loro, ma io, seppur contenta di quell'invito, avevo rifiutato. Con lei da sola forse sarei anche andata, ma alla compagnia di quell'arrogante di suo fratello rinunciavo più che volentieri. Mio fratello maggiore mi bastava e avanzava.

Cécile aveva apparecchiato la tavola nella cucina accanto all'ufficio. Quando Véronique tornò dalla cavalcata e non appena noi finimmo di dar da mangiare ai cavalli, il pranzo era quasi pronto. Stavo per prendere la bici e tornare a casa, quando Nicolas mi trattenne.

«Cécile ha apparecchiato anche per te» disse. «Chi lavora da noi deve anche mangiare con noi». E sorrise facendomi l'occhiolino.

Per la gioia arrossii, come sempre, perché, nonostante le apparenze, ero piuttosto timida.

Mangiammo ratatuia con insalata e baguette, e del formaggio. Mi stupii quando Véronique raccontò che era la loro prima volta a Noirmoutier. In genere passavano l'estate in Normandia, ma quest'anno lì non avevano trovato una scuderia da prendere in affitto. Erano quindi approdati qui per puro caso e le uscite a cavallo con i turisti fruttavano loro così bene da riuscire a coprire tutte le spese. Nicolas e Véronique restarono colpiti quando dissi che per me era già la decima volta a Noirmoutier e che conoscevo l'isola come le mie tasche.

Alle tre arrivarono altri turisti. Pulii e sellai il robusto Gosse d'Irlande e Lucky Luke, il pezzato. Quando Véronique partì con sei cavalieri, presi una carriola e iniziai a svuotare i box dal letame. Cominciai a fantasticare su come sarebbe stato bello possedere una scuderia e dei cavalli. Lavorare tutto il giorno con i cavalli, niente più scuola, niente compiti…

«Ehi, *petite*». L'uomo sulla cinquantina che avevo già visto il giorno prima si presentò a un tratto sulla porta del box di Jonquille. «Sei davvero brava».

«Ah… grazie» farfugliai confusa asciugandomi il sudore dalla fronte con l'avambraccio.

«Io sono Rémy» si presentò l'uomo. «E tu chi sei?»

«Charlotte» risposi. «Sono a Noirmoutier in vacanza con la mia famiglia. Siamo tedeschi».

«Aha, in vacanza…» L'uomo fece un gran sorriso. «E come mai sei qui a togliere il letame dai box dei cavalli?»

«Perché mi diverte di più che andare in spiaggia» risposi.

«Ehi, Nicolas!» Rémy si voltò verso l'istruttore di equitazione che stava arrivando in quel momento. «La piccolina qui è tutta matta. Preferisce passare le vacanze a ripulire i box dei cavalli dal letame piuttosto che starsene comodamente sdraiata in spiaggia! Questa poi!»

«Non sei tenuta a farlo, Charlotte» disse Nicolas.

«Ma lo faccio volentieri». Impugnai energicamente il forcone e gettai del letame ancora umido nella carriola. Nella scuderia del circolo mi era capitato spesso di ripulire dal letame il box di Gento. Nicolas e Véronique sembravano invece non curarsene troppo, visto lo sporco in cui tenevano i cavalli.

«Efficienza tedesca» fu il commento divertito di Rémy. «Vedrai, Nicolas, in men che non si dica questa baracca diventerà una scuderia modello».

Dopo il sesto box mi sentivo la schiena e le braccia intorpidite e avevo le vesciche alle mani. A malapena riuscivo ancora a spingere la pesante carriola verso il letamaio. Ogni tanto davo un'occhiata al cavallo baio intento a rosicchiare l'erba calpestata e arsa dal sole nel paddock e a scacciare via le mosche con la coda.

Nicolas salì sulla sua utilitaria polverosa e partì, Cécile stava sonnecchiando su una sedia a sdraio. Rémy mi tolse di mano il forcone e continuò a ripulire gli altri box da solo. Alla fine lo aiutai a cospargere la paglia fresca e poi tornai nel cortile.

La mia attenzione venne nuovamente catturata dal

baio. Doveva aver sete con quel caldo torrido. Presi un secchio, lo riempii d'acqua e lo trascinai fino al paddock. Il castrone baio nitrì e si ritirò nell'angolino più distante. Io mi arrampicai sulle sbarre della recinzione e poggiai a terra il secchio. Poi mi ritrassi e andai a sedermi sull'erba con la schiena appoggiata a un palo di legno caldo per il sole e mi misi a osservare il cavallo. Qualche minuto dopo sembrò rilassarsi un po' e riprese a rosicchiare l'erba. Ero esausta, chiusi gli occhi. I grilli frinivano, ogni tanto sbuffava qualche cavallo nei box e a volte sentivo Rémy parlare a mezza voce.

Evidentemente mi addormentai, perché quando riaprii gli occhi, il castrone baio era a non più di tre metri da me che beveva dal secchio. Muoveva le orecchie avanti e indietro e aveva tutti i muscoli tesi. Mi ricordava le gazzelle nella savana quando temono di venir aggredite da un momento all'altro da un leopardo o da un leone.

«Ciao» dissi al cavallo sottovoce senza muovermi.

Quello sollevò il muso dal secchio e mi fissò.

«Che cos'è che ti spaventa così tanto?»

Con l'acqua che gli gocciolava dalla bocca, mi scrutò attentamente con le orecchie dritte.

«Nessuno qui vuol farti del male» proseguii. «Sai che assomigli molto al mio Gento?»

Il baio scosse la testa per scacciare le mosche che gli si posavano sugli occhi, strusciando a terra lo zoccolo anteriore. Aveva una piccola macchia bianca sul labbro superiore, per il resto era tutto marrone. Osservandolo da vicino, mi accorsi che aveva il pelo ispido e arruffato. Anche gli zoccoli erano molto trasandati, aveva bisogno urgente di venir ferrato. Non doveva essersela passata bene nel posto da cui veniva. Non mi stupiva che avesse paura. Continuai a blaterare cose senza senso mentre il cavallo stava lì ad ascoltarmi.

«Charlotte?» Nicolas mi stava chiamando.

Non volevo spaventare il cavallo balzando in piedi o gridando per rispondergli.

«Sono qui» dissi quindi a mezza voce, e Nicolas mi vide.

«Tuo padre ha appena chiamato. Non dimenticarti di tornare a casa prima che faccia buio». Nicolas si mantenne a una certa distanza. «Da quant'è che stai lì seduta?»

«Da un'oretta». Mi alzai lentamente. Avevo le gambe completamente irrigidite.

Il castrone baio alzò la testa, ma rimase immobile. Mi chinai per avvicinarmi al paddock. Quando mi voltai, il cavallo era ancora accanto al secchio dell'acqua che mi seguiva con lo sguardo.

«Bel lavoro» mi elogiò Nicolas. «Credo che debba semplicemente riguadagnare fiducia nelle persone. Stanotte lo lasceremo fuori, poi domani riproverai ad avvicinarlo ancora un po'. Credo che tu abbia la pazienza necessaria».

«Oh, certo». Ero contenta ed emozionata.

«Dagli un'altra ciotola di avena e poi vai a casa». Nicolas mi accompagnò nel magazzino del foraggio. «Altrimenti i tuoi domani non ti lasceranno tornare».

Con un sorrisetto d'intesa presi la ciotola che Nicolas aveva riempito fino al bordo.

«Domattina alle otto sarò qui a dargli da mangiare» promisi zelante.

«Va bene anche alle nove». Nicolas rise. «Oggi sei stata davvero di grande aiuto. Grazie mille».

«Qui mi diverto» gli assicurai. «Allora a domani».

Mi avvicinai lentamente al paddock. Il baio non corse via quando mi vide arrivare, fece solo qualche passo indietro e stette ad aspettare. Gli parlai a bassa voce mentre posavo la ciotola con l'avena accanto al secchio dell'acqua, poi indietreggiai fino alla staccionata. Il cavallo era affamato. L'erba secca evidentemente non gli piaceva, e sin dall'alba non aveva mangiato più nulla. L'odore allettante dell'avena gli penetrò nelle froge. Agitò la testa contrariato e grattò con gli zoccoli anteriori. "Su, vattene, voglio mangiare finalmente!" sembrava voler dire.

«Vieni» dissi cercando di farlo avvicinare. «Non ti faccio niente. Dai, vieni».

Lì per lì il cavallo sembrò combattuto, poi si lasciò vincere dalla fame. All'inizio prese solo un po' di avena, allontanandosi e masticando a diversi metri di distanza, ma alla fine, con mia somma gioia, si fermò accanto alla ciotola e la svuotò.

«Così si fa, bravissimo» lo lodai. «Domattina presto torno a darti da mangiare. E se ti lascerai toccare, ti pulirò il pelo così bene da far invidia a tutti gli altri cavalli».

Sulla via del ritorno per L'Herbaudière avrei cantato a squarciagola, tanta era la felicità che provavo. Nicolas voleva che tornassi lì l'indomani e quel misterioso cavallo baio sembrava fidarsi sempre più di me. Già da ora quelle sarebbero state senza dubbio le vacanze estive più fantastiche che avessi mai fatto!

FIDUCIA E PAURA

Papà mi aveva portato dal supermercato mele e carote. A cena raccontai tutta elettrizzata delle mie esperienze al club.

Phil scosse sprezzante la testa. «Che sciocca… Ti fai sfruttare proprio come al circolo ippico».

«E non sai cosa ti sei persa oggi, Lotte!» aggiunse Cathrin. «Con i figli dei Couasnon abbiamo fatto un torneo di beachvolley».

«Odio la pallavolo» replicai lanciando un'occhiataccia a mio fratello maggiore. «E per la cronaca, non vengo sfruttata. Ma tu dovresti conoscere il nipote di Nicolas e Véronique. È sciocco quanto te, e preferisce starsene ciondoloni in spiaggia».

«Chi sarebbe lo sciocco, scusa?» replicò Phil. «Razzolare tutto il giorno nella cacca di cavallo, quello sì che è da sciocchi».

«Esatto» gli dette man forte Cathrin, cui assestai una bella gomitata.

«Ehi, che fai? Adesso mi verrà un brutto livido!» strillò adirata tirandomi una pedata sotto il tavolo.

«Ah, la delicatina…» sibilai.

«Ora basta!» sbottò papà in tono perentorio. «Siamo

in vacanza. Ognuno è libero di divertirsi come preferisce fin tanto che non arreca disturbo agli altri. Se Lotte vuole starsene alla scuderia, che ci stia».

«E dovreste sentire come parlo bene il francese» dissi ai miei genitori. «A scuola resteranno di stucco».

«Non ti chiederanno certo il lessico dell'equitazione» intervenne Phil, che doveva sempre avere l'ultima parola.

Non gli badai, ero di nuovo concentrata sul cavallo baio. Non vedevo l'ora che arrivasse il giorno dopo!

Alle otto e un quarto andai in bici al club. Avevo trovato una scorciatoia che passava dai Marais salants e che mi faceva arrivare a destinazione in soli quindici minuti. Sul portapacchi tenevo in equilibrio una cassetta di mele e carote. Quando posai la bicicletta, vidi subito che il castrone baio era ancora nel paddock. Nicolas e Véronique dovevano essere già partiti a cavallo con il primo gruppo della mattina. Afferrai la cassetta e la portai oltre il paddock.

«*Bonjour, petite!*» esclamò Rémy dai box. «Già in piedi a quest'ora?»

«Sì, certo» replicai. «Devo dar da mangiare al nuovo cavallo».

Rémy sembrò esserne al corrente, perché annuì. «Ti ho messo una ciotola di avena nella cassetta del foraggio. Anche il secchio dell'acqua è vuoto».

Contrariamente ai miei timori, Nicolas non aveva

tentato di catturare il cavallo: evidentemente faceva sul serio quando diceva che dovevo provare a guadagnarmi la sua fiducia.

Ebbi un moto di orgoglio. Al circolo ippico di Bad Soden ero solo una delle tante ragazze che andavano matte per i cavalli. I membri più anziani e i pensionanti vegliavano gelosamente sui propri cavalli e sui propri diritti. Potevo ritenermi fortunata se potevo aprire la pompa dell'acqua quando uno di loro voleva lavare il proprio animale. Ottenere di più era impensabile. E inoltre io non mi sarei mai messa al centro dell'attenzione. Come allieva di tredici anni non contavo niente nella scala gerarchica della scuderia, ero una nullità... senza Gento. A maggior ragione il fatto che Nicolas, che in realtà mi conosceva appena, mi affidasse un compito così eccezionale era una cosa meravigliosa. Di sicuro non lo avrei deluso!

Passai quasi tutto il giorno nel paddock accanto al cavallo baio. Gli portai da mangiare tre volte. Lo avvicinavo sempre con mele e carote. Posavo quelle leccornie sul prato a qualche metro da me e attendevo che la curiosità e l'ingordigia avessero la meglio sul cavallo, e che questo andasse a prendersele.

Anche quel giorno fui invitata a pranzo, e pure Sophie e Thierry mangiarono con noi. Era una sensazione magnifica quella di venir considerata come parte integrante della famiglia. Certo, sarebbe stato più divertente senza Thierry... Non faceva altro che punzecchiare o dire stupidaggini, proprio come Phil. Ma io non mi lasciavo certo intimidire.

«Hai voglia di andare a cavalcare alle saline alle tre?» domandò Véronique dopo pranzo.

«Io mi sono segnata per domani sera, non prima» replicai stupita.

«Be', per ricompensarti di averci dato una mano vorremmo almeno che tu andassi a cavallo» spiegò Nicolas, e io arrossii di nuovo per la gioia e la commozione.

«Ma non ho con me né il cap né gli stivali» dissi imbarazzata.

«Un cap lo troviamo senz'altro» mi tranquillizzò Véronique. «E puoi anche prendere i *chaps* di Cécile».

«Che cavallo vuoi montare?» mi chiese Nicolas.

«Perché non prendi il cavallo baio?» suggerì Thierry in tono poco gentile. «Mi piacerebbe assistere a un rodeo in pieno stile».

«Chiudi il becco, Thierry» intimò al nipote Nicolas. «Vattene in spiaggia. È meglio che tu sparisca prima che mi arrabbi».

Thierry se la svignò con un ghigno.

«Che ne diresti di Hirondelle?» suggerì Véronique. «Un po' di movimento le farebbe bene».

Ed eccomi di nuovo in preda al panico! Hirondelle, la graziosa giumenta saura con gli occhi cerchiati di bianco, era estremamente vivace.

Con le ginocchia tremolanti mi diressi verso i box

come se stessi andando dritta al patibolo. I quattro turisti che avevano prenotato per la passeggiata del pomeriggio erano già arrivati. Rémy e Cécile sellarono Lucky Luke, Kébia, Caramel e Gosse d'Irlanda, i cavalli più obbedienti. Io preparai Hirondelle, che agitava continuamente la testa e si muoveva saltellando sulle esili zampe fasciate di bianco.

«E non scaraventarmi a terra» bisbigliai quando le misi la sella sul dorso. «Sta' buona, ti prego».

Con dita tremanti le allacciai il filetto e la portai fuori in cortile. Cécile mi imprestò i suoi *chaps*, che mi strinsi goffamente intorno ai polpacci: non avevo mai cavalcato con quella roba. Almeno il cap che mi aveva dato Véronique mi andava bene. Strinsi il sottopancia e saltai coraggiosamente in sella. Hirondelle continuava a saltellare e ad agitare la testa.

«Puoi chiudere la fila, Charlotte?» chiese Véronique, quando tutti erano ormai in sella.

Annuii in silenzio, le mani strette intorno alla briglia.

Passammo accanto ai campi di patate e poi andammo verso la strada. Hirondelle cominciò a dimenare la testa.

«Su, finiscila» dissi tirando la briglia, al che fece un salto. Provai un'angoscia ancora più forte. Come sarei sopravvissuta a quella passeggiata?

Davanti a me i quattro turisti chiacchieravano e ridevano fra loro, ondeggiando sui propri cavalli mansueti. Cosa avrei dato per montare il mite Gosse o il tranquillo Caramel! Hirondelle, invece, sempre più nervosa, cominciava proprio a dare i numeri. Con gli zoccoli si avvicinava pericolosamente alle auto parcheggiate ed ebbi un brivido di terrore quando all'improvviso ci arrivò da dietro un camion. Ci mancava anche questa! Quel mostro si avvicinava sempre più, e a me non riuscì più di calmare la giumenta. Purtroppo l'autista del camion non ebbe la prontezza di rallentare. Anzi, pensò persino di suonare il clacson. Vidi il ghigno che aveva stampato in faccia quando Hirondelle, spaventata, balzò di lato, direttamente dentro il campo di patate. Che arroganza!

Véronique fino a quel momento non sembrava aver notato la mia difficoltà a gestire quella giumenta irrequieta.

«Charlotte!» si limitò a gridare. «Allenta la briglia! Non tirare! Mantieni la calma!»

Mantenere la calma! Parlava bene lei! Montavo un cavallo fuori di testa ed ero prossima a una crisi di panico.

«Allenta la briglia!» mi intimò, e io seguii il suo consiglio.

Così facendo, mi raddrizzai sulla sella. Ma Hirondelle, che si era accorta di essersi allontanata dagli altri cavalli, si voltò con uno scatto talmente brusco che persi una staffa e mi ritrovai su un fianco del cavallo. Disperata mi aggrappai alla criniera e alle redini.

Mi si riempirono gli occhi di lacrime. Il camion si

fermò con un forte stridio di freni e Hirondelle fece un balzo indietro sulla strada. Restai appesa al collo della giumenta saura come un sacco vuoto, fermamente risoluta a non cadere davanti al muso del camion sotto gli occhi di tutti. Il ticchettio selvaggio degli zoccoli sull'asfalto attirò gli sguardi dei curiosi intenti ad assistere alla scena dai loro giardini. Proprio come i quattro cavalieri guardarono con stupore e altrettanto compiacimento il numero da circo che stavo eseguendo davanti a loro.

Volevo sprofondare dalla vergogna! Con Liesbeth o Goldi al maneggio non avevo problemi. Là sì che ero una buona amazzone, ma qui stavo facendo la figura della cavallerizza alle prime armi alla stregua degli altri quattro: una semplice novellina!

Alla fine Véronique si era resa conto delle mie difficoltà e aveva gridato una serie di improperi all'autista del camion.

Finalmente riuscii a rimontare in sella. Pescai la staffa con il piede destro e l'afferrai.

Il camion ripartì lentamente.

«Tutto bene, Charlotte?» chiese Véronique preoccupata.

Dopo questo incidente avrei preferito di gran lunga saltar giù da Hirondelle e legarla alla prima staccionata, ma se adesso avessi fatto vigliaccamente dietrofront di sicuro Véronique la prossima volta non mi avrebbe offerto un cavallo migliore per le passeggiate, quindi digrignai i denti e annuii. In un modo o nell'altro dovevo sopravvivere a quell'ora di cavalcata e riportare la giumenta sana e salva alla scuderia.

Attraversammo al passo la strada che conduceva a L'Herbaudière e arrivammo ai Marais. Véronique andò al trotto. Hirondelle aveva un trotto morbido, brioso. La giumenta era malleabile e mi resi conto che agitava la testa solo quando veniva tirata troppo, quindi allentai un po' la presa sulle briglie.

Nel cielo terso il sole splendeva in tutta la sua intensità. D'estate a Noirmoutier a volte non pioveva per settimane, per questo l'erba non era verde brillante ma di un colore fra il giallo e il marroncino, e il terreno arido era duro come il cemento, con solchi e spaccature. Il signor Kessler non ci avrebbe mai fatto andare al trotto su un terreno così duro, ma a quei cavalli sembrava del tutto indifferente. Percorremmo un sentiero costeggiato da altissimi cespugli di ginestra in fiore. Dopo una stretta curva arrivammo all'unico sentiero ampio nel Marais.

«*Au galop!*» ci incitò Véronique.

Che il mio cavallo l'avesse preso come il segnale di partenza per una gara? Hirondelle scattò in avanti, e faticai non poco per stare dietro a Caramel. La giumenta riprese ad agitare la testa, poi si bloccò. Saltellò una, due, tre volte come una cavalletta rinsaccando la testa. Scivolai in avanti. A un tratto Hirondelle ritirò su la testa e io sbattei violentemente il naso contro la sua criniera. Per un attimo vidi le stelle e, proprio accanto al mio ginocchio, la coda di Caramel. Hirondelle cercò di superarlo.

Mi scivolò il cap sugli occhi e con una mano dovetti lasciare la briglia per sistemarlo. Ora rimasi ferma sulla sella. Pronta al prossimo strattone della testa, detti una frenata energica al cavallo con entrambe le briglie. Di colpo Hirondelle smise di tirare e iniziò a cavalcare dietro agli altri cavalli. Era così allora che si doveva fare! Forse le avevo pizzicato la pancia con i tacchi inducendola a bloccarsi. Con gamba lunga, sella ferma e mano morbida ora si faceva cavalcare magnificamente.

Per il resto della passeggiata Hirondelle si comportò in modo esemplare, cominciai persino a divertirmi.

Quando mezz'ora dopo scivolai giù dalla sella ero esausta e allo stesso tempo orgogliosa. Avevo vinto le mie ansie. Nessun Hanko al mondo mi avrebbe fatto più paura dopo che con questi salti mi ero mantenuta così bene in sella. Non ero caduta, non mi ero resa ridicola e alla fine io e Hirondelle avevamo imparato ad andare d'accordo. Detti alla giumenta una carota dopo averle lavato per bene le zampe e averla riportata nel suo box.

«Com'è andata?» chiese Nicolas, quando gli portai i finimenti. «Come te la sei cavata con Hirondelle?»

«Nessun problema» replicai disinvolta incamminandomi verso il paddock.

Sembrava quasi che il baio stesse lì ad aspettarmi. Mi si avvicinò quando gli porsi nuovamente due mele, e mentre riempivo d'acqua il secchio mi restò persino accanto.

Oggi avevo imparato una cosa: la fiducia era importante. Non solo la fiducia negli altri, ma anche in se stessi. Fui felice di non essermi arresa subito con Hirondelle, ero riuscita a vincere le mie paure e le mie insicurezze. Chissà, magari un giorno o l'altro sarei diventata una discreta amazzone.

UN CAVALLO BRADO
DIVENTA DOCILE

Il tempo passava, e io ero tutti i giorni al club. Ogni tanto mi recavo in spiaggia con la mia famiglia, ma lì mi sentivo fuori luogo, e la domenica ovviamente andavo con loro in chiesa. La maggior parte del tempo la passavo con il castrone baio al paddock del club ippico. Dopo due giorni già non scappava più da me, il terzo giorno prendeva mele e carote direttamente dalla mia mano e alla fine imparò persino a tollerare che lo accarezzassi.

Nicolas e Véronique quando dovevano andare dall'ufficio alla scuderia non deviavano più lungo il recinto, ma passavano direttamente dal paddock. Il baio li scrutava attentamente senza tuttavia scappare. Io andavo regolarmente nel paddock con pala e carriola per raccogliere i numerosi escrementi equini e il cavallo mi veniva dietro curioso. Probabilmente si annoiava pure.

Il lunedì mattina lo trovai addirittura che mi aspettava davanti alla staccionata. Posai la bicicletta e gli andai incontro lentamente. Scavalcai cauta il recinto.

«Allora,» dissi al cavallo «tutto chiaro? Credo che ora ti pulirò ben bene».

Il baio mi guardava attentamente con le orecchie dritte. Aspettava il suo boccone di benvenuto. Quando non gli davo subito la sua carota, mi spingeva con il naso molle.

Nicolas e Véronique erano fuori con un gruppo di turisti, Rémy era andato dal fornitore di mangimi e Cécile al supermercato a fare la spesa. Ero completamente sola.

Presi dal deposito una briglia con una fune e tornai dal baio. Seguitò insistente a darmi dei colpetti, mi strofinò la fronte sulla spalla fissandomi con i limpidi occhi carichi di aspettativa. Non dava più l'impressione di essere impaurito. Il cuore mi batteva forte mentre gli porgevo la briglia. Ci infilò la testa senza esitare. Con una mano gli chiusi la cinghia intorno al collo, con l'altra gli allungai un'altra mela.

«Sei stato nel paddock abbastanza a lungo» dissi. «Ora vieni, andiamo nella scuderia».

Come se fosse la cosa più naturale del mondo, il baio mi trottò accanto fino al box che già da giorni avevo cosparso di paglia. Avrei potuto esultare per la gioia. Il cavallo annusò la paglia e il mucchio di fieno in un angolino, dopo di che prese un sorso d'acqua dal secchio. Ero sulla porta del box che lo osservavo. No, non aveva più paura.

Non appena ebbe finito di bere, venne da me e mi sfiorò amichevolmente il viso con il muso bagnato.

«Aspetta,» dissi «ti prendo subito la colazione».

Quando richiusi lo sportello inferiore del box, il baio vi si sporse sopra con la testa e mi seguì con lo sguardo. Poco dopo gli versai una pala di avena nella mangiatoia. Ma per quanta gioia provassi, ero altrettanto triste. Mancavano solo due settimane, poi me ne sarei tornata a casa. Probabilmente non lo avrei più rivisto, perché Nicolas e Véronique non sapevano ancora se l'anno successivo sarebbero tornati a Noirmoutier. Mi appoggiai con le braccia allo sportello e guardai mangiare il cavallo.

«Dovresti avere un nome» gli dissi.

Da quando lo avevo conosciuto non avevo fatto altro che pensare a un bel nome per lui. Io e Dorothee avevamo fatto lunghe liste di nomi per cavalli. Ci appuntavamo sempre i nomi che leggevamo sui libri o sui programmi dei tornei e che ci colpivano. C'era un nome che mi piaceva più di tutti gli altri. Evocava forza e coraggio.

«Won Da Pie» sussurrai e sorrisi perché il baio aveva drizzato le orecchie al suono della mia voce, sollevando lo sguardo dal mangime. «Won Da Pie... Ti piace, vero?»

Avvertii in lontananza un rumore di zoccoli, accompagnato da voci. Véronique e Nicolas stavano tornando dalla passeggiata del mattino. Avrebbero strabuzzato gli occhi!

Poco dopo il cortile si riempì di cavalli e cavalieri. Presi Gosse d'Irlande a una signora anziana che stava accanto al cavallo non sapendo evidentemente cosa fare. Come sembrava rozzo e insensibile Gosse paragonato a Won Da Pie! Il baio si presentava in tutto e per tutto flessuoso ed elegante. Portai Gosse nel suo box dopo avergli lavato le zampe e grattato via lo sporco dagli zoccoli. Anche gli altri cavalli erano tutti accuditi.

I turisti si congedarono e si diressero verso le loro macchine passando dal paddock. Solo allora Nicolas si accorse che Won Da Pie non era più lì.

«Charlotte!» gridò sorpreso. «Dov'è il baio?»

«Nel suo box» replicai io con aria disinvolta, quasi fosse la cosa più naturale del mondo.

Un bel sorriso di compiacimento si dipinse sul viso dell'istruttore, che in segno di apprezzamento mi dette una pacca sulla spalla.

«Ce l'hai fatta!» Si voltò sorridente verso la moglie. «La piccola è riuscita ad addomesticare il nostro cavallo brado!»

Andammo insieme al box di Won Da Pie. Il castrone baio allungò la testa sopra lo sportello e fiducioso mi strofinò la spalla con il naso.

«Sei stata davvero brava». Nicolas mi guardò radioso in volto. «Sono fiero di te, Charlotte».

Mi sentii avvampare per la gioia e l'orgoglio.

«Portalo fuori e fallo girare un po'» mi sollecitò Nicolas.

Annuii emozionata, e aperto lo sportello del box agganciai la corda all'anello della cavezza. Won Da Pie mi seguì lentamente senza esitare per tutto il cortile. Si fece legare, e quando lo stesso Nicolas gli si avvicinò per accarezzarlo, drizzò le orecchie senza mostrare alcun timore.

«Penso che sia molto felice di non dover più avere paura» osservò Véronique. «E questo lo deve a te, Charlotte».

«Mi ha fatto piacere» mi schermii imbarazzata.

«Per prima cosa devo prenotare il maniscalco» disse Nicolas osservando con attenzione gli zoccoli del cavallo che erano in pessime condizioni. «Poi vedremo come si comporterà in sella».

Presi dal magazzino della scuderia l'attrezzatura per la pulizia e mi misi al lavoro. Il baio soffriva il solletico alla pancia ed era veramente molto sporco. Ci sarebbe voluto un po' di tempo prima che il suo manto diventasse splendente come quello di Gento. Alla fine gli spazzolai la coda e ne tagliai via un pezzo con le forbici perché troppo lunga. Mi ritrovai in un bagno di sudore non appena ebbi concluso. Esaminai soddisfatta il mio lavoro. Proprio in quel momento tornò Rémy. Fece tanto d'occhi.

«Ci sai fare con i cavalli» constatò. «Questi animali sentono subito se qualcuno li ama e li capisce. Thierry, per esempio, tratta ogni cavallo come fosse un'auto o un motorino. Eppure sa andare a cavallo, gli manca solo il *feeling* con loro».

«Thierry sa andare a cavallo?» chiesi sorpresa. «Non lo sapevo!»

«Oh sì! E anche bene!» mi assicurò Rémy. «Solo che non ne ha voglia. Che gran peccato, un simile spreco di talento».

Mmm… interessante… Avrei giurato che Thierry non avesse alcuna familiarità con i cavalli. Magari, dietro a quel modo di fare così ostentatamente arrogante, si nascondeva qualcos'altro.

Rémy tornò al suo lavoro, mentre io continuai ad accudire Won Da Pie. Vista la pazienza con cui si faceva diradare la criniera e tagliare la coda, doveva piacergli parecchio.

Dopo che ebbi finito e riposto tutta l'attrezzatura nella cassetta, vidi Nicolas venirmi incontro nel paddock. Scosse la testa e aggrottò la fronte quando vide Won Da Pie, e allora temetti subito che non apprezzasse il modo in cui avevo sistemato il cavallo.

«Penso proprio che dovremmo tenerti qui, Charlotte» disse. «Questo cavallo è praticamente irriconoscibile!»

«Ho fatto davvero un così bel lavoro?» chiesi timidamente.

«È fantastico! Dove hai imparato?»

«Al circolo ippico facevo da stalliera a un cavallo» risposi. «Lo pulivo così ogni giorno».

«Facevi da stalliera?» si informò Nicolas. «E ora non lo fai più?»

«No, purtroppo il cavallo di cui mi occupavo è stato venduto». Mi meravigliai del fatto che non fosse più così doloroso parlare di Gento.

Era poco più dell'una quando mi precipitai verso casa sulla bici scassata. Avevo promesso di essere a casa per pranzo. Papà la mattina presto al porto di L'Herbaudière aveva comprato cozze fresche e ostriche, e anche un bel branzino. Al solo pensiero mi venne l'acquolina in bocca e sentii brontolare lo stomaco. Ero piuttosto in ritardo, perciò proseguii con una pedalata più energica. L'asfalto luccicava per il caldo, i grilli frinivano a bordo strada. A destra e a sinistra si estendevano campi di patate fino alle prime case bianche di La Linière. Svoltai a sinistra, attraversai lo stradone e passai dal centro abitato finché arrivai a destinazione.

Véronique mi aveva anticipato che quella sera avrei montato Le Zaza per la passeggiata di due ore in spiaggia. Il purosangue di cinque anni aveva già corso tre mesi prima alle gare di galoppo ed era uno dei cavalli migliori di Nicolas. Affidarmelo era un vero e proprio premio.

Papà e mamma condivisero con me la gioia per il mio successo con Won Da Pie, tuttavia non mi sfuggirono gli sguardi che si scambiarono. Probabilmente erano preoccupati che io mi stessi di nuovo affezionando a un cavallo che non mi apparteneva.

Quando alle cinque arrivai al club, trovai Nicolas e Véronique davanti all'ufficio con Thierry.

«Abbiamo dovuto disdire la passeggiata a cavallo di stasera» mi disse Véronique. «Io e Nicolas dobbiamo andare a Nantes. Verrà Thierry a cavallo con te».

Lanciai uno sguardo incerto al ragazzo appoggiato alla ringhiera delle scale che smanettava annoiato col cellulare. Probabilmente era incavolato nero perché non poteva andarsene in spiaggia coi suoi amici, e di certo non avrebbe scambiato mezza parola con me. Non avevo proprio voglia di uscire con lui.

«Non devo per forza andare a cavallo» tagliai corto.

«Sciocchezze, va bene così». Thierry non alzò lo sguardo neanche una volta. «Tu sei la grande domatrice di cavalli. È un onore per me poterti accompagnare alla cavalcata della sera».

Perché mi trattava in questo modo? Mi montò una forte rabbia.

«Grazie tante» replicai dandomi almeno tante arie di superiorità quanto lui. «Scommetto che metà delle ragazze di Parigi mi caverebbero gli occhi per l'invidia, se lo sapessero».

Thierry mi fissò, alzò le sopracciglia e infine sghignazzò. «Solo metà?»

Anche Véronique e Nicolas risero.

«Bene,» disse Nicolas dando una pacca sulla spalla al nipote «niente colpi di testa, ragazzo mio. Intesi?».

«Certo». Thierry si scostò con disinvoltura dalla ringhiera e mi accennò un inchino. «Dopo di lei, principessa».

«Buon divertimento!» gridò Véronique dirigendosi col marito verso l'auto.

Il solo pensiero di uscire a cavallo con Thierry mi rendeva nervosa. Salutai Won Da Pie che mi ricambiò con un nitrito. Sophie e Cécile erano sedute al sole su delle balle di fieno.

«Non venite a cavallo con noi?» domandai loro.

«E perché no?» Sophie si alzò. «Sono già diverse settimane che non monto un cavallo».

Possibile? Passavano intere giornate con i cavalli e non li cavalcavano mai? Per me era del tutto incomprensibile.

«Non prendete, però, nessuno dei cavalli della scuola, sono troppo lenti!» gridò Thierry dal box di Linotte. «Ho voglia di divertirmi un po', e non di passare tutto il tempo ad aspettare voi».

«Non preoccuparti» disse Sophie a suo fratello. «Avrai la tua corsa sfrenata».

Un quarto d'ora dopo partimmo tutti e quattro. Guidava il gruppo Thierry, a cavallo della nervosa Linotte. Per niente al mondo avrei montato quella giumenta baia, nemmeno se me l'avessero ordinato. Ma in effetti quel ragazzo la montava alla perfezione: teneva la briglia in una mano, il cellulare nell'altra, e con il pollice non faceva altro che digitare messaggi. Di me non si curava. Alle nostre spalle cavalcavano Sophie con Brunette e Cécile con Hélice. Le Zaza era davvero un bravo cavallo dal temperamento gradevole.

«E non crearmi problemi, non appena andremo al galoppo» disse Thierry verso di me quando attraversammo la strada e raggiungemmo le saline.

«E come potrei?» ribattei irritata. Quel modo di fare altezzoso mi dava sui nervi.

«Perché andremo più veloce di quanto tu non sia abituata a fare».

"Sei proprio insopportabile!" pensai digrignando i denti. Però non dovevo farmi vedere intimorita. E in fin dei conti non ero nemmeno caduta da Brunette quando eravamo andati al galoppo sulla spiaggia!

Trottammo in mezzo alle saline. Senza i turisti al seguito, che spesso riuscivano a malapena a tenersi in sella, eravamo arrivati in spiaggia più rapidamente del solito. Non erano ancora le sette, dunque troppo presto per scendere giù al mare. Thierry decise quindi di prendere prima il sentiero dietro le dune per poi sospingerci fin sulla baia. C'era un sacco di gente che tornava dalla spiaggia e si dirigeva alla macchina o verso casa. Ebbi il sospetto che Thierry avesse scelto apposta questo sentiero per farsi bello con le sue doti da cavaliere modello. I bambini che facevano rumore con i loro giocattoli da spiaggia e gli animali gonfiabili innervosirono parecchio Linotte. La giumenta saltellava e sbuffava roteando gli occhi. Thierry sghignazzava quando la gente si addossava ai cespugli per stupore o per paura.

«Mio fratello non può proprio farne a meno». Sophie arricciò il naso. «Che orribile spaccone!»

«Però è davvero bravo a cavallo» ammisi. «Gli è del tutto indifferente che Linotte si innervosisca».

«Allo zio Nicolas prenderebbe un colpo, se ora ci vedesse qui» replicò Sophie. «È piuttosto pericoloso».

Io feci spallucce. Le Zaza non sembrava minimamente disturbato da quel trambusto. Si comportava bene, muovendosi a passo lento dietro a Linotte e a Brunette.

AL GALOPPO!

Guidammo i cavalli fra le rocce fin giù alla spiaggia. La bassa marea aveva raggiunto il suo massimo livello e un'ampia striscia di sabbia bagnata si estendeva ora lungo tutta la baia. Laggiù Thierry frenò la sua giumenta.

«Ora parte la gara» annunciò. «Chi arriva per primo alla lingua di terra, vince».

«Ok» risposero Sophie e Cécile.

«E tu?» Thierry mi lanciò un'occhiata.

«Nessun problema». Feci la spavalda, anche se il cuore mi batteva all'impazzata.

Ci allineammo tutti e quattro. Le Zaza era ancora piuttosto flemmatico. Poiché già presagivo quel che mi sarebbe toccato, afferrai la criniera del castrone.

«Pronti?» gridò Thierry. «Via!» E affondò i calcagni nei fianchi di Linotte.

Il mio cavallo si risvegliò di colpo dal letargo. Eccome se era pronto! Nonostante la presunzione di esser preparata, il primo balzo di Le Zaza per poco non mi scaraventò giù dalla sella.

Thierry si era subito distinto per la migliore partenza. Le zolle di terra sollevate dagli zoccoli di Linotte mi arrivarono dritte in faccia. Mi posizionai per bene chinandomi sul collo del cavallo. Quasi mi dimenticai di respirare, correndo sulla spiaggia così a perdifiato. Cos'era il galoppo al maneggio in confronto alla velocità che poteva raggiungere in quella situazione un cavallo ben allenato? Mi ricordai vagamente che Nicolas aveva accennato alla gara vinta un mese prima da Le Zaza. Avvertivo il castrone allungarsi sotto di me. Le sue zampe lavoravano come i pistoni di una macchina. Al galoppo, al galoppo, al galoppo!

Da un rapido sguardo alle mie spalle mi accorsi che Sophie e Cécile erano rimaste un bel po' indietro. Le Zaza aveva ripreso Linotte, affiancandosi alla giumenta. Per una frazione di secondo vidi il volto contratto dalla rabbia di Thierry. Era fermamente convinto di montare il cavallo più veloce di tutti, altrimenti non ci avrebbe sfidate. Non era assolutamente disposto a perdere! Infervorato incitò Linotte e con l'estremità della briglia dette una pacca sul collo della giumenta a destra e a sinistra. Io rimasi in sella tranquilla, sforzandomi di non infastidire Le Zaza. Pretese un po' più di briglia, e non appena gli liberai la testa, dette un'altra potente accelerata, lasciandosi parecchio dietro Linotte. Con quale naturalezza si lanciava al galoppo! Ebbi come la sensazione di volare, avrei potuto ridere per la felicità. Avevo raggiunto fin troppo velocemente la lingua di terra e così frenai il castrone sauro che immediatamente obbedì rallentando l'andatura. Colma di felicità gli detti delle pacche sul collo. A quel punto arrivò Thierry al galoppo.

«Via, avanti!» mi gridò. «Vediamo chi vince!»

Direttamente dietro alla lingua di terra si estendeva la spiaggia di L'Épine, ma al contrario della spiaggia di Luzéronde qui c'erano degli ostacoli. Basse palizzate di legno dovevano evitare che la sabbia venisse portata via dalla corrente. In alcuni punti della spiaggia queste palizzate arrivavano a malapena all'altezza del ginocchio, ma dove la sabbia era più compatta erano alte più di un metro.

Feci di nuovo galoppare Le Zaza inseguendo Thierry che continuava a correre come un forsennato. Arrivò il primo ostacolo. Mi raccomandai al cielo, tenendomi stretta alla criniera del mio cavallo. Oltrepassato. Thierry proseguì la sua cavalcata dove la sabbia era più compatta. Anche qui Le Zaza saltò il primo ostacolo. Eravamo alla pari con Linotte. Con la coda dell'occhio vidi Thierry dirigersi verso il terzo ostacolo di legno, che stavolta si rivelò troppo alto per la sua giumenta. Inoltre la pozza scura con l'acqua salmastra probabilmente non le andò a genio. Linotte frenò di colpo e fece uno scarto. Thierry, che si era preparato al salto piegandosi in avanti, volò dalla sella descrivendo un arco e atterrò nella pozzanghera sull'altro lato della palizzata. Vidi gli schizzi dell'acqua e spaventata frenai Le Zaza.

Alcune persone che passeggiavano sulla spiaggia

si fermarono a guardare. Sperai che non fosse successo niente a Thierry! Sophie e Cécile arrivarono al galoppo, e Cécile afferrò la briglia di Linotte, che stava galoppando direttamente verso di lei. Thierry strisciò via dalla pozzanghera, si raddrizzò e saltò la barriera di legno. Ero sollevata che non si fosse fatto male, e quando mi guardò dovetti reprimere a fatica un ghigno compiaciuto.

Si diresse verso il suo cavallo. «Stupida bestiaccia!» gridò adirato. Poi si lasciò sfuggire qualche sonora imprecazione in francese che mi rimase ben impressa. Si conosce perfettamente una lingua straniera solo quando si padroneggia anche il linguaggio colloquiale, la nostra professoressa di francese ce l'aveva detto.

«La superbia andò a cavallo e tornò a piedi!» esclamò Sophie ridendo. «Charlotte è stata più veloce di te e ha vinto!»

«Perché dovevi scendere proprio in fondo alla spiaggia dove le paratie di legno sono così alte?» chiese Cécile stizzita.

«Lasciatemi in pace!» Thierry le strappò di mano la briglia di Linotte. Era bagnato fradicio e ricoperto di alghe maleodoranti. Mi faceva quasi pena. Senza guardarmi, balzò nuovamente in sella.

«Ma cos'hai sulla testa? Sembri Nettuno!» Sophie avvicinò il cavallo a quello di suo fratello e gli tirò via un'alga dai capelli. Thierry la respinse irritato. Cécile e Sophie ridacchiarono.

«Femmine…» borbottò indispettito.

Risalimmo la spiaggia al passo seguendo Thierry sulle dune. Poco dopo ci ritrovammo sulla strada stretta che portava alle saline. Cécile e Sophie punzecchiavano Thierry, ridendo della sua disavventura, mentre io ero ancora completamente stordita dalla più bella galoppata della mia vita. L'idea di tornare fra qualche giorno al semplice trotto sui cavalli della scuola del circolo era terrificante.

Le Zaza andava a briglia lunga, e io con la testa all'indietro osservavo l'infinito del cielo blu cobalto. A oriente intravidi la falce della luna calante. L'aria calda profumava di pini, di cardi secchi e di sudore di cavallo. Il rumore degli zoccoli risuonava cupo sul terreno riarso, e di colpo venni sopraffatta dal desiderio struggente di non terminare mai questa vacanza a Noirmoutier! Quando avevamo gareggiato sulla spiaggia ero stata più veloce di Thierry, proprio io, l'allieva fifona che aveva paura di Hanko e Farina. Avevo dato fiducia a Le Zaza e mi ero lanciata intrepida al galoppo senza cadere.

I grilli frinivano in mezzo all'erba secca e miriadi di zanzare danzavano sulle nostre teste. Thierry imprecò.

«Ma che ti prende?» gridò Sophie.

«Mi si è bagnato il cellulare!» sbraitò il ragazzo su tutte le furie.

«Meglio così, lo usavi anche troppo» lo canzonò sua sorella.

«Ma va' al diavolo!» inveì lui trottando avanti per distanziarci.

«È arrabbiato perché sei stata più veloce di lui» mi disse Sophie ridacchiando. «Per di più è anche caduto da cavallo. Che umiliazione!»

«Mi dispiace per lui» dissi in tono empatico. «Sicuramente avrà freddo con quei vestiti bagnati».

«Non ti preoccupare. Ti posso assicurare che lui non sarebbe altrettanto dispiaciuto, se fosse caduta una di noi» commentò Sophie.

«Sei stata un vero mito Charlotte» asserì Cécile alla mia destra. «A dire il vero, Thierry avrebbe dovuto sapere quanto è veloce Le Zaza. Lo ha visto gareggiare tante volte».

«Magari avrà creduto che Charlotte non si sarebbe arrischiata a correre a quel modo» ipotizzò tutta seria Sophie.

Cécile annuì e mi fece l'occhiolino. «Esatto» disse. «E questo lo fa arrabbiare ancora di più».

Tornammo al club alternando il passo al trotto e, una volta arrivati, foraggiammo i nostri cavalli. Salutai Won Da Pie, che se ne stava sereno nel suo box, e dissi a Rémy che purtroppo l'indomani non sarei potuta venire. Papà e mamma si erano dati appuntamento con degli amici francesi che trascorrevano le vacanze nei pressi di Carnac, in Bretagna, e, volente o nolente, dovevo andare con loro.

Più felice che mai pedalai nel crepuscolo verso casa immaginandomi come sarebbe stato cavalcare e saltare con Won Da Pie.

Mi vidi nel grande anello del parco del castello di Wiesbaden al torneo di Pentecoste e sentii la voce dell'annunciatore: "In partenza il numero trecentoquattordici, *three hundred fourteen, trois cent quatorze,* Charlotte Steinberg con Won Da Pie, Germania". Scroscio di applausi, poi silenzio teso. Won Da Pie saltellava e dimenava la coda. Le orecchie dritte, stringeva il morso con i denti. Lo feci partire al galoppo. Ecco subito il primo salto, un oxer bianco e rosso! Una leggera pressione della coscia ed eravamo già oltre. Un recinto bianco, un oxer giallo e il muro. Leggero come una piuma il mio cavallo saltava sopra gli ostacoli più alti, e io ridevo felice. Non avevo alcuna paura, era tutto semplicemente stupendo!

Un rumore insistente di clacson mi riportò di colpo alla realtà. Spaventata girai il manubrio a destra, quando a tutta velocità mi arrivò da dietro una macchina nera. Sopra c'erano quattro ragazzi, i finestrini abbassati e la musica che rimbombava a tutto volume. Mi sfrecciarono accanto facendomi perdere l'equilibrio. Feci giusto in tempo a cogliere uno sguardo di Thierry seduto accanto al posto di guida con un sorrisetto presuntuoso, poi caddi a capofitto nel fossato. L'auto sparì proseguendo a colpi di clacson. Mi alzai a fatica, furibonda, e raccolsi la bici dai cardi secchi.

«Brutti idioti!» imprecai massaggiandomi il ginocchio che mi faceva un gran male, ma subito dopo mi
venne da ridere. Charlotte Steinberg che cade nel fosso
al Gran Premio di Wiesbaden: ecco quel che restava
dei miei sogni ambiziosi.

WON DA PIE HA PAURA

Dagli amici dei miei genitori in Bretagna passammo due giorni che sembrarono non finire mai. Due giorni senza andare al club: che spreco di tempo!

Ora che eravamo tornati a Noirmoutier non stavo più nella pelle al pensiero di rivedere Won Da Pie. Mentre attraversavo in bici il sentiero di sabbia che costeggiava i campi di patate mi chiedevo se Thierry fosse ancora offeso. A dire il vero avrei anche potuto non chiedermelo, ma per qualche strana ragione non volevo che ce l'avesse con me. Con mia grande sorpresa negli ultimi due giorni avevo pensato a lui almeno quanto avevo pensato a Won Da Pie, e la cosa mi irritava e mi confondeva al tempo stesso.

Svoltai per entrare nel cortile e vidi che davanti all'ufficio non c'era il motorino di Thierry, doveva quindi essere in spiaggia. Appoggiai la bici al recinto del paddock e scorsi Nicolas occupato ad addestrare Hirondelle con la fune.

«*Salut*, Charlotte! Allora, com'è andata in Bretagna?»

«Una noia mortale. Non abbiamo fatto altro che mangiare da mattina a sera!»

Nicolas rise. «E che mi dici invece della cavalcata con Le Zaza?»

Sophie e Cécile non gli avevano raccontato cos'era successo? Probabilmente no. Neanch'io l'avrei fatto.

«È stato fantastico!» replicai. «Stupendo! Mai galoppato tanto veloce in vita mia!»

«Sì, Le Zaza è un cavallo da corsa fenomenale». Nicolas fece schioccare la lingua e Hirondelle scattò al galoppo.

Stetti a osservarlo per un po'. In Francia addestravano i cavalli in maniera diversa rispetto a casa nostra, in Germania.

Mi diressi verso la scuderia, salutai Won Da Pie dandogli una mela e gridai «Salut» a Cécile e Rémy. Dopo aver preso la cassetta con gli attrezzi, legai fuori dal box Won Da Pie e lo pulii a fondo. C'era un bel sole, e nell'aria si sentiva odore di cavalli, di fieno e di lavanda che cresceva in folti arbusti nel campo dietro alla scuderia. Finalmente ero di nuovo lì con Won Da Pie. Non avrei potuto sognare vacanze più belle!

Nicolas arrivò dal paddock con Hirondelle alla briglia e mi si fermò accanto.

«Ieri è venuto il maniscalco e gli ha messo dei ferri nuovi» annunciò.

«È stato bravo?» chiesi preoccupata.

«Mite come un agnello!» Nicolas sorrise. «Lo hai convinto per bene del fatto che noi umani siamo esseri innocui».

Sorrisi lusingata e accarezzai il pelo morbido del baio.

«Quando hai finito, potresti sellarlo» disse Nicolas andandosene. «Prendi pure la sella e il filetto di Brunette, dovrebbero andargli bene».

«È finita la pacchia, tesoro mio» dissi a Won Da Pie, e di colpo mi rattristai.

Ora che era diventato così bravo, avrebbe presto trascinato in giro per l'isola goffi turisti mentre io me ne sarei tornata alla scuola del circolo. Sospirai, lottando con tutte le mie forze per non mettermi a piangere. Che peccato che Won Da Pie, Nicolas, Véronique e gli altri non potessero venire in Germania con noi! Al maneggio non avrei raccontato a nessuno di quanto fosse stato bello qui al club, né a Dorothee né a Inga. Anche se erano mie amiche, non mi avrebbero mai creduto. Avrei di nuovo montato Liesbeth o Goldi e solo con un colpo di fortuna avrei potuto uscire a cavallo nel noioso bosco di querce.

Won Da Pie drizzò le orecchie sdegnato quando gli poggiai la sella sulla groppa. Mentre gli allacciavo il sottopancia scalciò con la zampa posteriore e digrignò i denti. Riuscii a mettergli il filetto senza problemi.

«Fatto!» avvertii Nicolas, che se ne stava davanti al box di Hélice con Rémy a fumare una delle sue solite sigarette.

«Bene, allora vieni con me». Afferrò la corda e la frusta da affondo e prese la briglia di Won Da Pie.

Sulla pista volle posizionarmi accanto a lui. Won Da Pie abbassò le orecchie e digrignò di nuovo i denti seccato quando Nicolas gli strinse la briglia. Non poteva proprio soffrirlo!

Non appena Nicolas ebbe finito di allacciare la corda nell'anello del morso, Won Da Pie partì.

L'istruttore tenne ben salda la corda con tutte le sue forze, ma ciononostante venne trascinato all'indietro dal castrone baio. Won Da Pie inarcò la schiena e si impennò fin quasi a cadere. Poi continuò scalciando e contorcendosi tutto.

Qualche minuto dopo sembrò calmarsi, ma d'un tratto ci sfrecciò intorno come un cavallo da corsa. Poi si fermò all'improvviso, sbuffò forte e ci guardò a orecchie dritte. I fianchi pulsavano, il pelo era madido di sudore.

«Caspita!» disse Nicolas, e la sigaretta che teneva in un angolo della bocca per poco non si spense.

Nicolas lasciò andare ancora una volta il castrone baio con l'altra mano. A un certo punto Won Da Pie passò dal galoppo al trotto. Aveva un'andatura a grandi passi, piena di slancio. Al trotto sollevava parecchio le zampe anteriori, quasi come un Hackney che una volta avevo visto trainare una carrozza a un torneo di Pentecoste a Wiesbaden.

L'istruttore arrotolò la corda finché il cavallo non ci fu vicino. Mi porse corda e frustino, assicurò la sella, sbrogliò le briglie e abbassò le staffe. «Vediamo come si comporta una volta che sarò in sella».

Won Da Pie alzò gli occhi al cielo e guardò diffidente Nicolas. Quando l'istruttore mise il piede nella staffa, il cavallo si spostò di lato con un brusco balzo e iniziò a tremare.

«Ehi, ehi, ragazzo mio. Che ti prende?» Nicolas cercò di calmarlo. «Su, vieni, non ti faccio niente… tranquillo!» Ma non gli riuscì di montare in sella. Tutte le volte che ci provava, Won Da Pie con un balzo si spostava di lato. Tremava tutto, aveva gli occhi spalancati, e iniziò pure a sudare.

«Charlotte,» disse infine Nicolas a corto di fiato «vai a chiamare Thierry. Mi sembra impossibile che non riusciamo a montare questo cavallo!».

Corsi verso l'ufficio. Thierry era seduto alla scrivania, i piedi sul piano del tavolo e il cellulare all'orecchio. Quando mi vide, alzò le sopracciglia con aria beffarda.

«Cosa c'è adesso?» mi chiese in tono sgarbato.

Non lo salutai nemmeno.

«Nicolas ha bisogno di te» riferii. «Possibilmente subito».

Thierry alzò gli occhi al cielo e disse qualcos'altro al telefono, poi mi passò accanto senza neanche degnarmi di uno sguardo. Che pallone gonfiato! Gli stava proprio bene che fosse caduto da cavallo.

Mi posizionai presso il recinto del paddock accanto a Véronique, Cécile, Sophie e Rémy. Thierry si era messo un cap e i *chaps* e noi ce ne stavamo lì tutti tesi a guardarlo provare invano a montare in sella. Intanto Won Da Pie era prossimo a un attacco di panico.

«Charlotte, vieni qua!» Nicolas si era ormai spazientito. Mi arrampicai sulla recinzione e corsi da lui.

«Ora tienilo per la testa» mi comandò Nicolas. «Posagli la mano sull'occhio sinistro e parlagli. Non mollarlo fin quando non te lo dico io, intesi?»

Annuendo afferrai le briglie. Won Da Pie mi fulminò con gli occhi, aveva il pelo bagnato fradicio, schiuma bianca che gli gocciolava dalla bocca e le vene del collo ingrossate. Sembrò tuttavia calmarsi quando gli parlai posandogli cautamente la mano sull'occhio sinistro per non fargli vedere ciò che gli accadeva intorno. In una frazione di secondo Nicolas gli aveva messo in sella Thierry. Ma Won Da Pie non ci mise molto a capire che ci si era presi gioco di lui.

«Lascialo!» mi gridò Nicolas.

Thierry aveva accorciato la briglia e sedeva in sella con grande naturalezza. Won Da Pie rimase lì impalato, i fianchi gli pulsavano forsennatamente e aveva abbassato le orecchie. A un certo punto sollevò di colpo la testa e corse via. Si impennò come un cavallo da rodeo. Un cavaliere meno esperto di Thierry sarebbe volato giù dalla sella.

Ero scioccata, e provai profonda compassione per quel povero cavallo. Aveva paura!

Per qualche giro Thierry si tenne coraggiosamente in groppa al baio, ma alla fine gli vennero meno le forze.

Descrisse un ampio arco in aria prima di cadere a terra con un tonfo sordo.

«Ma non è possibile! Brutta bestiaccia!» imprecò Nicolas correndo preoccupato dal nipote che nel frattempo si era rialzato.

Won Da Pie non si era più mosso. Agitava nervosamente le orecchie avanti e indietro.

«Vieni qui» dissi sottovoce allungando una mano verso di lui. «Vieni qui da me, Won Da Pie!»

Con mia sorpresa il cavallo mi venne incontro al trotto, mi dette una spintarella e mi strofinò l'avambraccio con la fronte madida. Fui colpita dalla fiducia che mi dimostrava. Won Da Pie non era una bestiaccia, né tanto meno un diavolo. Forse aveva semplicemente paura degli uomini! Capitava a volte. Mi ricordai che il signor Lauterbach e Alex, il figlio del secondo presidente del circolo, una volta avevano parlato di un cavallo simile. Quando il proprietario voleva montarlo ai tornei, sua moglie doveva sempre chiudergli gli occhi finché l'uomo non era montato in sella.

Nicolas stava discutendo vicino alla recinzione con Véronique e gli altri. Thierry non la smetteva più di imprecare.

«Ti fai montare da me?» domandai dolcemente a Won Da Pie.

Il castrone sbuffò e mi dette un'altra spintina.

Io ero sempre stata una fifona, ma non volevo che seguitassero a tormentare Won Da Pie. Nella peggiore delle ipotesi sarei caduta anch'io, e mi era già capitato tante di quelle volte con Farina e Hanko che avevo perso il conto. Feci un bel respiro e presi coraggio.

«Sta' buono» implorai il cavallo infilando il piede nella staffa.

Una manciata di secondi dopo eccomi in sella.

Won Da Pie girò la testa e mi annusò la punta del piede.

«Sono io» lo rassicurai. «Vedi, non devi aver paura di me».

Con cautela gli strinsi le gambe sui fianchi e lui con calma partì al passo. Vidi le facce sconcertate di Nicolas, Véronique, Thierry, Sophie, Cécile e Rémy quando fermai il cavallo accanto a loro.

«Guardate un po'» disse Nicolas. «E io che credevo che la nostra piccola Charlotte fosse paurosa!»

«Puah!» Thierry fece un gesto di sdegno con la mano. «Il ronzino si è già sfogato, tutto qui».

«Ne dubito». Nicolas scrutò me e il cavallo. «Si fida di Charlotte. Sophie, prendi un cap!»

Sophie corse via e tornò poco dopo. Mi porse il copricapo e io lo indossai.

«Va bene» disse Nicolas. «Ora accorcia un po' la briglia e fagli fare un giro di pista!»

Feci quel che mi aveva ordinato, sebbene il cuore mi battesse fortissimo. Dopo due giri al passo Nicolas mi fece andare al trotto. I movimenti di Won Da Pie erano elastici e pieni di slancio, il morso molto morbido. Gli guardai le orecchie, sensibili a ogni più piccolo movimento. Piegò la testa per stringere il morso. La sua paura era svanita. Trottava per il paddock sciolto e agile. Reagiva ai miei impulsi molto più puntuale di quanto non facessero i cavalli apatici della scuola a cui ero abituata.

«Fallo galoppare!» sentii dire da Nicolas.

Allentai la pressione con la coscia esterna e premetti sui fianchi di Won Da Pie con quella interna. Il cavallo nitrì e fece un balzo eccitato che mi fece perdere entrambe le staffe. Indossavo solo jeans e scarpe da ginnastica e non avevo alcuna presa sulla sella piatta. Won Da Pie scalciò quando gli affondai i talloni nella pancia. Le briglie mi erano scorse lungo le dita già da un pezzo, scivolai su un fianco e al successivo salto al galoppo atterrai in modo alquanto brusco proprio dove prima era atterrato Thierry.

Restai un attimo a terra imbarazzata. Won Da Pie si fermò e guardò meravigliato verso di me.

«Tutto bene?» Nicolas attraversò il paddock venendomi incontro con sguardo preoccupato.

Io annuii e mi alzai. Mi sarebbe venuto un bel livido, ma per il resto non avevo nulla di rotto. Tornai da Won Da Pie, che mi fissò incuriosito e gli presi la briglia.

«Alzi troppo le ginocchia» mi spiegò Nicolas, quando risalii in sella. «Per questo hai perso le staffe. E poi gli hai ripetutamente fatto il solletico con i talloni. Riprovaci!»

Won Da Pie non era affatto un cavallo da scuola! Il suo galoppo era davvero ampio e pieno di slancio. Mi ci sarei dovuta abituare! Per poco non ricadevo anche al secondo tentativo.

«Basta così per oggi» disse Nicolas, proprio quando avevo imparato a farmi obbedire dal cavallo. «Domani indosserai pantaloni e stivali da cavallerizza, e vedrai che andrà meglio».

«Posso montarlo ancora?» domandai sorpresa, ma al tempo stesso entusiasta. Dopo la caduta avevo temuto che Nicolas al massimo mi avrebbe fatto rimontare Caramel.

«Ma certo» rispose l'istruttore. «A parte il fatto che sembri essere l'unica da cui il cavallo tollera di venir montato, non sei andata affatto male. Allora, domattina alle dieci. Ok?»

«Ok!» Quando salutai Won Da Pie con una pacca sul collo ero raggiante: questo era molto meglio di qualsiasi corso di equitazione al circolo!

NON MOLLARE!

La sveglia segnava le cinque e un quarto quando mi svegliai. Altre quattro ore prima di poter andare al club a montare Won Da Pie! Ero così emozionata, proprio come per la mia prima ora di salto, e oltretutto avevo dormito male. Per un po' provai a riaddormentarmi, rigirandomi nel letto senza posa fin quando Cathrin non mi assestò un pugno nel fianco.

«Accidenti, mi hai svegliata» borbottò assonnata. «Che ore sono?»

«Le cinque e mezza» risposi.

«Che succede?»

«Niente. Continua a dormire».

Mi alzai, mi infilai gli shorts, la felpa e gli infradito e sgattaiolai fuori dalla stanza. Aprii piano la porta per non svegliare i miei fratelli che nella camera accanto dormivano come ghiri. Mi fermai un attimo al piano di sopra, sulle scale, e inalai l'aria fresca. Il sole non era ancora sorto, c'era una strana, surreale luce crepuscolare. Sui campi di patate e sulle saline aleggiava un leggero velo di nebbia. Mi piacevano le prime ore dell'alba, prima della luce del giorno. Feci il giro della casa e la ghiaia mi scricchiolò sotto i piedi. Le persiane a battenti azzurri delle finestre e della porta erano chiuse, quindi mi sedetti su una sedia a sdraio la cui stoffa era umida a causa della rugiada notturna. A est il sole si stava lentamente affacciando all'orizzonte, inondando il cielo di una luce rosata. Le stelle stavano scomparendo, da qualche parte si udì il canto di un gallo. Pensai a Won Da Pie, al fatto che il giorno in cui avrei dovuto dirgli addio si avvicinava inesorabilmente.

A un certo punto mi addormentai per risvegliarmi solo un'ora e mezza dopo, quando la porta di casa si aprì e Alissa mi abbaiò allegramente. Per colazione presi soltanto un pezzo di baguette spalmata di burro e alle otto finalmente balzai sulla bici. Che senso aveva starmene ancora lì seduta a sorbirmi le idiozie di Phil?

L'ora di equitazione con Won Da Pie finì quasi in tragedia, nemmeno l'abbigliamento adatto diede una svolta alla situazione. Ero nervosa e poco concentrata, e il fatto che Véronique, Cécile, Sophie, Rémy e persino Thierry stessero lì a fissarmi non migliorava certo le cose. Dopo un quarto d'ora già mi colava il sudore negli occhi. Alla stregua del peggior principiante andavo al trotto sul piede sbagliato e non facevo altro che ricadere scomposta sul dorso del cavallo: non ero nient'altro che un passeggero impotente. Nicolas dispensava pazientemente consigli, ma alla fine mi vennero meno le forze. Allungai la briglia e detti a Won Da Pie una pacca sul collo.

«Davvero niente male come inizio» fu l'elogio di Nicolas. «Non è un cavallo facile da montare, ed è molto più sensibile di quelli della scuola che hai già cavalcato, vero?»

Annuii e sorrisi. Non mi aspettavo che mi dicesse questo.

«Ah! Quel sacco di patate non imparerà mai» se ne uscì invece Thierry a voce così alta che non potei fare a meno di sentirlo. Con la sua risatina sprezzante stampata in faccia saltò giù dalla staccionata dove fino ad allora era rimasto seduto.

Sacco di patate! Come faceva a essere tanto odioso? Mi salirono le lacrime agli occhi e subito mi affrettai a smontare da cavallo. Un attimo prima ero stata così fiera per le parole di Nicolas! Qui erano tutti gentili con me. Tutti tranne Thierry! Cosa gli avevo fatto per essere così cattivo con me?

Condussi Won Da Pie fuori dal paddock, gli tolsi la sella e gli detti da mangiare. Rifiutai l'invito a pranzo di Véronique con la scusa che i miei mi stavano aspettando e afferrai la bici. Quel giorno volevo assolutamente evitare di ritrovarmi intorno Thierry. Il suo commento tagliente mi aveva ferita profondamente, mettendomi tuttavia davanti agli occhi quanto fossi lontana dal saper cavalcare bene. Non ero ancora una buona cavallerizza!

A casa presi l'occorrente per il mare e a passo lento mi incamminai verso la spiaggia con l'aria sconfitta.

«Oh, guarda un po' chi si vede!» esclamò Phil, quando raggiunsi la mia famiglia e gettai la borsa sulla sabbia.

Mio fratello maggiore lanciò qualche altra stupida frecciatina, tanto da indurmi a pensare di tornarmene subito a casa e starmene lì in santa pace, poi qualcuno propose di giocare a pallavolo. Perché no? Non ero certo un asso, ma in fondo si trattava solo di divertirsi. Insieme ai Couasnon giocammo a una specie di pallavolo che si svolse prevalentemente in acqua, poi continuammo sulla spiaggia con un gioco a palla inventato da loro, simile per le regole a palla avvelenata. Giocammo Francia contro Germania finché ogni squadra non ebbe vinto o perso un paio di partite ciascuna.

Alle tre e mezza Phil e Olivier avevano prenotato delle tavole da surf al noleggio *Loc' Wind* davanti a noi nella baia. Papà e Jean-Paul, curiosi, li accompagnarono; alla fine andammo anch'io, Cathrin e Hélène.

Un folto gruppo di ragazzi si era assiepato sulla spiaggia intorno al noleggio di surf. Una radio sparava musica a tutto volume. Un ragazzo con indosso una muta arrotolata sui fianchi prelevò da una cabina due *planches*, ovvero due tavole da surf, e le porse a Olivier e a mio fratello.

«Ciao, sacco di patate!» sentii gridare a un tratto e trasalii.

Fra le ragazze e i ragazzi abbronzati c'era proprio Thierry che si stava stiracchiando sul suo asciugamano. Divenni paonazza. Tutti mi fissarono incuriositi. Odiavo stare al centro dell'attenzione.

«Perché sacco di patate?» gridò uno. «Sembra piuttosto carina!»

«Dovresti vederla su un ronzino» replicò Thierry con un ghigno, e tutti si misero a ridere.

Mi montò una rabbia furibonda. Gliel'avrei fatta vedere io a quel pallone gonfiato! Gli andai incontro con passo risoluto e con le mani sui fianchi.

«Ce l'hai ancora con me perché ti ho battuto al galoppo!» gridai così forte che nessuno dei suoi amici poté fare a meno di sentire, e sorrisi con fare sprezzante. «E poi sei persino caduto da cavallo... proprio come... un sacco di patate!»

Thierry balzò in piedi. Non sghignazzava più ora, era letteralmente furioso. E alquanto bello, dovetti ammettere dentro di me.

«Ehi, Thierry, questo non ce l'avevi detto!» esclamò una brunetta. «E io che pensavo tu fossi un cavaliere provetto!»

«Non dicevi proprio ieri che vinci sempre?» gli fece notare un'altra ragazza.

«Ti sei fatto battere da una ragazzina, ohi ohi!» lo prese in giro uno dei suoi amici.

«Ed è persino caduto da cavallo!»

«Puah, Thierry, gran bella prova, sì, non c'è che dire!»

Il cuore mi batteva forte, ciononostante riuscii a sogghignare e incrociai le braccia sul petto. Gli avevo fatto fare una figuraccia e ora tutto il suo gruppo si prendeva gioco di lui. E Thierry non poteva assolutamente tollerarlo.

«Stupida oca!» disse con un sibilo quando mi fu davanti. «Questa me la paghi!»

Devo ammettere che avevo desiderato che diventassimo amici, ma non c'erano le premesse.

«Hai cominciato tu» replicai. «Perché ti prendi sempre gioco di me? Io non ti ho fatto un bel niente!»

Thierry mi fulminò mentre i ragazzi dietro di lui ridevano e schiamazzavano. Ma nei suoi occhi incredibilmente azzurri c'era anche un'altra espressione oltre alla rabbia, qualcosa che mi irritava. Abbassai lo sguardo e Thierry si ricordò di nuovo della sua immagine da *macho*.

«Stupide femminucce» disse digrignando i denti e si voltò.

Phil e Olivier nel frattempo avevano finito di preparare le tavole da surf e le stavano spingendo in acqua. Li guardai salire sulle tavole e tirar su le vele dall'acqua. Sembrava forte. Poco dopo avevano entrambi preso il largo nella baia.

Io raggiunsi papà, Jean-Paul, Hélène e Cathrin. I ragazzi alle mie spalle continuavano a gridare a squarciagola e a fischiare, ma la loro vittima non ero io, bensì il loro compagno Thierry, che ora doveva in qualche modo riabilitarsi ai loro occhi. Con quel "sacco di pata-te" aveva fatto un autogoal clamoroso!

«Li conosci quei ragazzi?» mi domandò papà sor-preso.

«Solo uno». Accennai con la testa a Thierry, che sem-pre adirato stava preparando la sua tavola da surf. «È il nipote di Nicolas e Véronique».

«Perché è così sgarbato con te?» chiese Cathrin in-curiosita.

«Perché abbiamo fatto una gara al galoppo e io l'ho battuto. Come se non bastasse, è anche caduto da ca-vallo» spiegai.

«Sembra uno forte» constatò Cathrin guardando Thierry che ora stava salendo sulla sua tavola con più abilità di Phil e Olivier e stava prendendo il largo.

«L'apparenza inganna» le assicurai. «È un tipo dav-vero odioso».

Nel frattempo il malumore se n'era andato. Thierry aveva avuto quel che si meritava e i suoi amici avrebbe-ro continuato a prenderlo in giro ancora un bel po'. Mi chiedevo come si sarebbe comportato la prossima volta che ci fossimo incontrati al club.

Quella sera allestimmo un barbecue da noi davanti casa con i Couasnon e altri amici tedeschi e francesi dei miei genitori. Facemmo qualche partita a canasta e più tardi io, Phil e Cathrin insieme a Olivier e Hélène andammo agli scogli. Lì ci sedemmo sulle rocce che emanavano ancora il calore del giorno e guardammo il sole tramontare all'orizzonte con il rumore della risacca in sottofondo.

Poi andammo a spasso sulla spiaggia, e un fascio di luce del faro dell'Île du Pilier aleggiò sul mare e sulla baia. La sabbia era morbida e fine come zucchero a velo. Sulle dune frinivano i grilli e dai pini proveniva il verso di un gufo. La falce della luna era gialla e nitida. Nei pressi del camping della colonia le nostre strade si separarono: Olivier e Hélène svoltarono a sinistra in Rue du Moulin Rouge, mentre io, Phil e Cathrin dovevamo fare altri cinquecento metri prima di arrivare a casa. Quella bella serata aveva messo di buonumore persino mio fratello maggiore, che in genere non faceva altro che brontolare perché gli mancavano i suoi amici, il suo computer e il suo motorino, e concordammo tutti quanti sul fatto che Noirmoutier fosse l'isola più bella del mondo. Pensai di sfuggita alla scuderia del circolo, a Dorothee e Inga, con le quali non mi ero fatta viva neanche una volta, ma poi prevalse l'emozione per l'ora di equitazione mattutina con Won Da Pie!

Sentivo il sudore negli occhi, le braccia mi facevano male e avevo come la sensazione che l'interno coscia e le ginocchia fossero carne viva. Le staffe rovesciate cigolavano a destra e a sinistra della sella. Ogni passo al trotto di Won Da Pie mi dava un brusco scossone, che attraverso la spina dorsale sembrava arrivarmi direttamente al cervello.

"Non ce la faccio più" pensai. "Sto per cadere. Sono alla frutta! Sono davvero alla frutta!"

«E ora trotto leggero!» intimò Nicolas guardandomi con occhio critico.

Pure! Trotto leggero senza staffe su un cavallo che era come una polveriera! Won Da Pie era sempre più veloce, man mano che le mie pacche sul dorso si facevano più brusche. Non gli piaceva! Voleva essere cavalcato a modo. Ma io ero veramente a corto di forze. Erano venti minuti che Nicolas non mi risparmiava, impartendomi un ordine dietro l'altro. "Stai dritta, mani in basso, sciolta, testa in alto, gambe allungate, affonda i talloni, dritta! Non stare su con le spalle. Sciolta! Muovi i fianchi in modo armonico! Gambe allungate, ginocchia chiuse, affondare i talloni, affondare i talloni, e ancora affondare i talloni!" Sì, e come diavolo dovevo fare? Se chiudevo le ginocchia, automaticamente sollevavo la gamba e il tallone!

«Charlotte!» urlò Nicolas. «Adesso resta seduta e per l'amor del cielo non sporgerti sempre in avanti! Stai seduta e vacci piano con le mani! Perché agiti i pugni in aria a quel modo?»

A casa cavalcavo in modo completamente diverso! L'istruttore doveva seguire sette, otto o addirittura dieci allievi alla volta, ogni tanto ci si poteva anche piegare sulla sella o semplicemente andare al trotto leggero. La maggior parte dei cavalli della scuola avrebbero fatto una figura migliore come cavalli a dondolo e da tempo avevano imparato a ignorare una seduta nervosa e una coscia martellante.

Won Da Pie invece reagiva come un sismografo a ogni piccolo errore! Accelerava immediatamente, afferrava il morso o agitava la testa finché non avevo la sensazione che mi venissero strappate le braccia dal corpo. E se lo colpivo troppo forte con i tacchi, mi buttava giù senza alcuna esitazione. Solo nella prima ora di equitazione ero caduta per ben tre volte.

«Al passo!» gridò infine Nicolas, e io, grata, feci rallentare il cavallo. Ero in un bagno di sudore, boccheggiavo ed ero paonazza in volto. Ma andare a cavallo non doveva essere divertente?

«Non ti eri mai affaticata così tanto a cavalcare, vero?» disse Nicolas dopo che mi fui ripresa un attimo.

Feci spallucce.

«Non ha importanza cosa si sa fare» disse Nicolas. «Bisogna essere pronti a soffrire. Si deve perseverare quando si pensa di aver già dato tutto. E volerlo! Bisogna volerlo! Capisci?»

Annuii con sguardo malinconico.

«Ti sei subito seduta bene sul cavallo» proseguì Nicolas con sincerità imbarazzante. «Ma ci stavi solo seduta sopra. Così non riesci a controllarlo. Vuoi imparare sul serio?»

Che domande!

«Sì, certo». Detti una pacca sul collo a Won Da Pie, che non era nemmeno sudato.

«Bene». Nicolas sogghignò. «Allora oggi pomeriggio facciamo un'altra ora di corda con Caramel. Senza sella».

Annuii di nuovo e scesi da cavallo. Per poco non mi cedevano le ginocchia. "Sacco di patate" mi dissi. Forse Thierry non aveva tutti i torti.

«Povera» disse Sophie in tono compassionevole quando quel pomeriggio pulii Caramel e gli misi il filetto per l'ora con la corda. «Ora mio zio ha finalmente trovato una vittima da tormentare».

«In che senso?» Lanciai uno sguardo diffidente alla ragazza.

«È un istruttore molto severo» spiegò Sophie. «Ha imparato a cavalcare al *Cadre Noir* ed è stato alcuni anni lì come istruttore prima di mettersi in proprio. Trovo che sia il migliore al mondo. Ti maltratta in modo assurdo, ma con lui impari un sacco. Solo che se disgraziatamente si accorge che qualcuno non si dà abbastanza da fare, allora quel qualcuno è davvero in un mare di guai».

Avevo già sentito parlare e persino letto del *Cadre Noir*, la famosa scuola di equitazione francese di Saumur. I migliori cavalieri di Francia si erano formati lì.

«Mah!» esclamai accarezzando pensierosa il naso di Caramel. «Mi sa che il modo in cui sto in sella dev'essere un incubo per lui».

«Fra un paio di settimane non sarà più così» mi assicurò Sophie nel tentativo di incoraggiarmi. «O ti arrendi o finirai con lo stare in sella proprio come una vera e propria amazzone».

"Hai cominciato tante di quelle cose con grande entusiasmo per poi abbandonarle..." Le parole di mio padre mi risuonavano in testa. Pianoforte, basket, judo... Sì, avevo iniziato tutte quelle attività per poi smettere alla prima difficoltà. Avevo avuto la vita sempre fin troppo comoda per darmi effettivamente pena per qualcosa. Tutto ciò che non veniva facile lo evitavo. E ora con la mia amata equitazione dovevo decidermi.

Nicolas aveva ragione a pensare che fino ad allora non mi fossi mai impegnata sul serio. Raramente avevo fatto più di due giri al trotto durante l'ora di equitazione, perché poi sentivo delle fitte al fianco. Dopo tre anni mi allenavo ancora con un gruppo di principianti. Beate e Billie erano già molto più avanti di me, e dopo l'estate anche Dorothee, Inga, Oliver e Karsten sarebbero stati meglio di me! Mi bastava saper montare un cavallo per trastullarmi un po' o volevo davvero imparare a domarne uno difficile? Quando sognavo a occhi aperti per sfuggire a un'ora di equitazione in cui avevo dato il peggio di me, diventavo un'eroina: coraggiosa, sicura, loquace e una cavallerizza formidabile. Ma la realtà era ben diversa.

«Ci sei, Charlotte?» chiese Nicolas passandomi accanto e io annuii.

"Sì, ci sono" ripetei fra me e me.

Un'opportunità come quella non si sarebbe mai più ripresentata! Con un'ora di equitazione alla settimana al maneggio non avrei mai e poi mai imparato ciò che Nicolas mi stava insegnando ora.

D'un tratto vidi Thierry andarsene in giro per il paddock. Ci mancava solo questa! Feci un bel respiro profondo, drizzai le spalle e portai Caramel in pista. Non avevo alcuna intenzione di mollare. Non ora almeno!

NESSUN PREMIO
SENZA FATICA

Quell'estate ero stata l'unica "vittima" di Nicolas, e lui si era dedicato a me con autentico entusiasmo. Giorno dopo giorno avevo lottato con Won Da Pie, ma avevo montato anche altri cavalli, non solo lui. Nicolas mi aveva fatto esercitare con e senza sella su Caramel e Lucky Luke e mi aveva fatto saltare una serie di ostacoli su Kébia senza staffe e senza briglie. Per quattro giorni avevo fatto fatica a camminare a causa dei dolori muscolari. Non c'era un solo punto del mio corpo che non fosse dolorante.

Ma tutto questo patimento cominciò finalmente a dare i suoi frutti. Certe situazioni in cui solo una settimana prima avrei sudato freddo mi lasciavano ora del tutto indifferente. Alle oscillazioni di Won Da Pie al galoppo ero ormai abituata, anche il suo improvviso imbizzarrirsi per motivi inspiegabili non mi procurava più alcun timore. Al quinto giorno notai che il mio corpo aveva sviluppato degli automatismi tali da farmi assumere la postura corretta. Prima mi ero sempre dovuta sforzare al massimo per concentrarmi.

Nicolas era un maestro severo ma giusto. Quando mi elogiava, evento più raro di un raggio di sole in una piovosa giornata autunnale, mi rendeva immensamente orgogliosa. Nel corso delle diverse ore di equitazione le sue critiche si fecero sempre meno aspre e meno frequenti. Non davo più fastidio al cavallo col morso quando andavo al trotto o al galoppo. Potevo agganciarmi le staffe tre buchi più in basso senza perdere l'appiglio con la punta del piede. Percepivo se al galoppo andavo bene o male, e non dovevo più fissare così a lungo la spalla esterna del cavallo per assicurarmi di andare al trotto leggero sulla zampa giusta.

Non trovando più da ridire sulla mia seduta, Nicolas passò a criticare la mia efficacia sul cavallo. Qualche volta mi fece cavalcare Gosse d'Irlande, perché Won Da Pie non dava problemi con le briglie.

«Con lui non ci vuole granché,» asserì Nicolas «ma se ce la fai con Gosse, allora vuol dire che sei sulla buona strada».

Gosse si opponeva ostinatamente alla mia mano. In preda alla disperazione tirai le briglie sempre più forte.

«Allenta le briglie!» tuonò Nicolas. «Accogliere e cedere! Mezzi strattoni alla briglia esterna e non dimenticare le gambe! Santo cielo, Charlotte, le gambe! Usale per l'amor di Dio! Tira con tutte le tue forze e poi rilascia…»

Mi fece volteggiare, cavalcare a zigzag e in cerchio, cambiando sempre mano. Imparai a condurre il cavallo non solo con la briglia ma anche dandogli impulsi con le gambe e con il peso del corpo.

Un pomeriggio in cui cominciavo a detestare Gosse d'Irlande finalmente ci riuscii. Avrei voluto strappare malamente il morso al grosso baio e assestargli calci nella pancia come qualche volta mi era capitato di fare esasperata con Brutus o Farina. Avevo già fatto venti giri, e mi si sbattevano i denti per la violenza con cui mi scuoteva quell'animale. Poi, però, successe il miracolo! Mi resi conto che lo stavo assecondando. Il suo dorso duro cominciò a vibrare, prese a mordicchiare e piegò il collo, che fino ad allora era rimasto in posizione eretta come un tronco d'albero.

«Lo senti?» gridò Nicolas entusiasta, come se avessi appena conquistato la medaglia d'oro ai giochi olimpici. «Lo senti come cede questo zoticone cocciuto?»

Annuii. Mantenere la presa morbida, non tirare! La pressione genera contropressione! Con determinazione e concentrazione si può costringere un cavallo a fare qualsiasi cosa. Ma io ero a corto di energie. Ci avevo provato abbastanza a lungo e prima d'ora nessuno mi aveva mai insegnato a fare di meglio.

Ripensai di sfuggita al signor Kessler, insensibile come un vecchio cavallo della scuola. Un giro a cavallo valeva l'altro, non ci metteva mai passione e sopportava stoicamente gli allievi poco talentuosi perché portavano soldi nelle casse dell'associazione. Forse anche lui ogni tanto diceva qualcosa del tipo "Non dare calci con le gambe!" ma cosa si dovesse fare, invece, non lo diceva mai.

Con la coda dell'occhio scorsi alcune persone arrivare dal parcheggio. Quant'era divertente cavalcare Gosse d'Irlande! Non avrei più considerato quel massiccio castrone baio come un mulo. Tutto dipendeva da come lo si cavalcava.

«Ciao, Lotte!» sentii dire.

Mentre procedevo al trotto vidi alla staccionata papà, mamma, Cathrin e Flori.

«Ciao!» dissi di rimando, fiera della bella figura che stavo facevo in groppa a quel cavallo.

Nicolas riconobbe papà e si diresse verso la mia famiglia. Io rallentai e andai verso di loro al passo.

«Volevamo fare soltanto una visitina a nostra figlia» disse papà a Nicolas, che dette la mano a lui e alla mamma. «Ormai da noi viene solo a dormire».

«Charlotte è la mia migliore allieva» se ne uscì Nicolas, e io per poco non scoppiai d'orgoglio. «Peccato che presto dovrà tornare a casa».

Non avevo raccontato a papà e mamma i dettagli delle lezioni di equitazione, solo che di tanto in tanto mi facevano montare Won Da Pie.

«È questo Won Da Pie?» chiese la mamma indicando Gosse.

«Chi?» domandò Nicolas confuso.

«Il baio» mi affrettai a spiegare. «L'ho chiamato Won Da Pie».

«Ah, Won Da Pie...» Nicolas tornò a rivolgersi ai miei genitori. «No, questo è Gosse d'Irlande. Charlotte monta diversi cavalli. È così che si impara davvero a cavalcare».

«Ma io ho pagato solo dieci ore di lezione» disse papà.

«Charlotte ci aiuta così tanto che per sdebitarmi le do lezioni di equitazione» spiegò Nicolas. «Non si è mai lamentata di quanto l'ho messa sotto torchio nelle ultime settimane?»

«No» rispose mio padre con un sorriso. «Charlotte sotto torchio... questa è nuova. In genere se la prende molto comoda».

«Adesso sei ingiusto, papà» intervenni imbarazzata.

«Be'...» Nicolas mi fece l'occhiolino. «Lo sai che in fondo non ha tutti i torti?»

Aprì il cancelletto del paddock e invitò la mia famiglia a entrare per mostrar loro le scuderie.

Diedi da mangiare a Gosse, poi lo riportai nel box e feci vedere ai miei fratelli Won Da Pie e gli altri cavalli. Nel frattempo Nicolas si intrattenne a parlare con mamma e papà. Più tardi si unì a loro anche Véronique. Cathrin e Flori fecero qualche giro su Caramel con la corda.

«Che ne diresti di un'ora di lezione su... com'è che lo chiami?» chiese Nicolas.

«Won Da Pie» risposi con un sorriso. «Certo».

Corsi nel magazzino e presi sella e filetto. Avendo già pulito il castrone baio quella mattina, dieci minuti dopo ero in pista col cavallo sellato.

«Non è un cavallo brado?» Mia madre era un po'
preoccupata. Io ero felice che non fosse sua abitudine
venire alla scuderia come facevano le altre mamme, sedute in tribuna a seguire ogni singola ora di equitazione
dei loro figli, nel peggiore dei casi persino con macchina fotografica alla mano! Mia madre aveva poco tempo, e io finora avevo sempre evitato di dirle delle mie
cadute e delle mie sconfitte.

«Sì, in effetti lo era» confermò Nicolas. «Non tollera
di essere montato né da me né da mio nipote Thierry, si
imbizzarrisce come un cavallo da rodeo. Charlotte si è
conquistata la sua fiducia con molta pazienza. Si lascia
montare solo da lei».

«... anche se ogni tanto scaraventa a terra pure me»
ammisi mentre finivo di assicurare la sella.

Come sempre Won Da Pie digrignava i denti e mi
mordicchiava il braccio. Inavvertitamente i miei genitori arretrarono di un passo.

Cavalcai un po' al passo per la pista, poi andai al
trotto. Iniziai dal trotto leggero per passare al galoppo.
Seguirono infine diverse figure nelle varie andature.
Che differenza fra Gosse d'Irlande e il vivacissimo Won
Da Pie!

Ma la mia euforia non sarebbe durata a lungo. In
un angolino della pista sembrava nascondersi uno spiritello invisibile agli altri. Già qualche metro prima di
quell'angolino Won Da Pie si diresse a sinistra e si
fermò.

Nicolas mi fece fare dei volteggi, ma questi non si addicevano a quel castrone così focoso. Mi ritrovai di nuovo in un bagno di sudore, finché non mi riuscì di cavalcare agilmente Won Da Pie per tutta la pista. L'istruttore mi ricordò che il castrone era ancora abbastanza giovane, e dunque nel bel mezzo degli anni più capricciosi.

«Di tanto in tanto cercherà di testare chi di voi due è il più forte» disse Nicolas. «Non devi concedergli nessun atto di disobbedienza. Pazienza, pazienza e ancora pazienza. Senza empatia e determinazione fai meglio a scendere e ad andare in bicicletta».

Quel giorno me lo aveva ripetuto almeno dieci volte. Io strinsi i denti e continuai a cavalcare. Won Da Pie non si sarebbe stancato tanto facilmente. Tre quarti d'ora di dressage non facevano proprio al caso suo! Non feci altro che galoppare, esercitandomi nelle sfilate e nei passaggi dal galoppo al passo senza salto. Vidi gli sguardi stupiti della mia famiglia a bordo pista e mi crogiolai nel loro apprezzamento. Forse ero stata un attimo imprecisa, a ogni modo Won Da Pie si ricordò all'improvviso dello spiritello invisibile nell'angolo e fece uno scarto combinato con un salto.

"Nooo!" pensai ancora in volo.

Se non altro riuscii a cadere con una certa eleganza. Papà e mamma cacciarono un urlo di paura, Cathrin e Flori ridacchiarono.

«Sai dove hai sbagliato?» mi chiese Nicolas quando

afferrai le briglie di Won Da Pie e balzai di nuovo in sella.

Annuii contrita. «Ho perso la concentrazione e così non ho posizionato bene le gambe».

«Esatto». Nicolas fece un cenno di assenso. «E lui è un vero bricconcello».

Il resto dell'ora passò per fortuna senza intoppi, e io ne fui felice.

I miei genitori aspettarono che Won Da Pie fosse di nuovo nel suo box, poi caricarono la mia bici in macchina, risparmiandomi così la faticaccia di pedalare fino a casa.

«Che ve ne pare di Won Da Pie?» domandai.

«Gran bell'esemplare» disse la mamma. «Anche se io non me ne intendo di cavalli. Mi sembra più elegante del cavallo che hai montato all'inizio».

«Oh sì, eccome!» Sorrisi. «Gosse d'Irlande al confronto è un cavallo da tiro!»

«Quel Nicolas è proprio simpatico». Papà mi lanciò uno sguardo divertito dallo specchietto retrovisore. «Inoltre è riuscito a inquadrarti proprio bene».

«In che senso?»

«Ha detto di essersi piacevolmente sbagliato su di te» spiegò papà. «All'inizio non avevi una buona seduta ed eri piuttosto timorosa…»

«Mah!» Scivolavo avanti e dietro sul sedile tremendamente imbarazzata. Doveva proprio dirlo davanti a

Cathrin e Flori? Agli occhi dei miei fratelli più piccoli io ero pur sempre una cavallerizza formidabile!

«Poi però» continuò papà «ha avuto solo parole di elogio per te. Ha sottolineato quanto sei diligente e quanto sai essere paziente. La maggior parte dei suoi allievi di Parigi non sarebbero mai tornati se li avesse tartassati come ha fatto con te. Tu invece hai fatto progressi incredibili nelle ultime settimane. Pensa che tu abbia buone probabilità di diventare un'ottima cavallerizza, se continui così».

«E come dovrei riuscirci con un'ora di lezione soltanto a settimana?» borbottai frustrata. «Al signor Kessler non importa un bel nulla di come sto a cavallo. L'importante per lui è incassare soldi, punto».

«Ma se hai sempre detto che è un istruttore in gamba» intervenne Cathrin.

«E infatti lo pensavo» replicai con grande amarezza. «Ma ora ho potuto confrontarlo con qualcun altro. Ho imparato più in due settimane con Nicolas che in tre anni di lezioni al circolo. Soprattutto non ho più paura, perché adesso so cosa fare per tenere a bada un cavallo. Il signor Kessler non ci ha mai insegnato niente del genere».

«Ma potresti anche prendere lezioni individuali, no?» osservò la mamma.

«Forse». Fissai fuori dal finestrino. Non appena avessi ripreso il tran tran alla scuderia del circolo, avrei ricominciato a tenere le briglie senza alcuna sensibilità.

I miei genitori si scambiarono sguardi eloquenti. Ciò che mi dissero soltanto molto più avanti fu che Nicolas aveva confidato loro che mi riteneva un vero e proprio talento dell'ippica. Ciò che di me lo aveva impressionato più di tutto era con quale tenacia e passione affrontavo ogni impegno per imparare qualcosa di nuovo e migliorarmi continuamente. Questo giudizio per i miei genitori, abituati a considerarmi per certi versi una scansafatiche, fu una bella e gradita sorpresa.

L'ULTIMA CAVALCATA

Quelle quattro settimane in Francia, che all'inizio mi erano sembrate un tempo pressoché infinito, stavano ormai volgendo al termine. Che periodo stupendo! Era come se fossi stata lì dei mesi. Ogni tanto, assalita dai sensi di colpa, pensavo a Gento. Interamente assorbita da Won Da Pie me n'ero quasi dimenticata, e non mi spiegavo perché fossi stata tanto disperata per un cavallo che non mi avevano fatto montare neanche una volta.

In quelle quattro settimane avevo imparato così tanto sui cavalli e su come si cavalca! In sella a un cavallo mi sentivo a mio agio, e non avevo più paura di montare animali vivaci e sensibili come Hirondelle o Linotte. Avevo messo a tacere persino Thierry. Con Won Da Pie e Gosse d'Irlande avevo saltato oxer, oxer a scalare e triplice. Anche nei sentieri più selvaggi mi sentivo molto più sicura che all'inizio delle vacanze. Lo dovevo a Nicolas e ovviamente a Won Da Pie, il cavallo più formidabile che avessi mai montato. Mi sforzai di concentrarmi felice sulla cavalcata che mi aspettava invece di rattristarmi per il giorno dell'addio sempre più imminente.

«C'è posta per te» disse Phil distogliendomi dai miei pensieri.

«Sul serio?» Guardai stupita la busta piuttosto gonfia che mi porgeva. Era da parte di Dorothee. Subito mi sentii in colpa. Non le avevo scritto neanche una volta!

Divorata dalla curiosità, strappai la busta e scorsi quelle dieci pagine fitte fitte. Erano un resoconto dettagliato di tutto ciò che era successo al circolo di Bad Soden. I Freudel avevano portato il loro vecchio Sollux al paddock, Natimo si era fatto male a un tendine e il box di Gento era ancora libero. Poi passava a parlare del corso di equitazione. Aveva superato l'esame, nel salto si era persino classificata al primo posto con 8,5 metri. Inga, invece, si era rotta un braccio già alla prima lezione di salto, e così aveva dovuto abbandonare il corso. Mi meravigliai di non sentirmi invidiosa di Dorothee e neppure felice della disavventura di Inga. In realtà quelle notizie mi lasciavano del tutto indifferente.

Alle quattro infilai nel portapacchi della bici un'intera cassetta di mele e carote e mi recai per l'ultima volta al club. Poiché Nicolas era ormai certo che io fossi in grado di domare Won Da Pie senza problemi, mi aveva permesso di montare il castrone baio nell'ultima passeggiata al mare. La sera prima era andato in Normandia col furgone da trasporto dei cavalli insieme a Rémy, Cécile e Sophie e sarebbe tornato in serata. Era stata una giornata di sole caldissima, e la gradevole brezza marina che l'aveva resa un po' più sopportabile si era ormai dileguata. Non tirava un alito di vento e il sole era come un disco sbiadito nel cielo plumbeo. Non facevano altro che entrarmi negli occhi fastidiosissimi moscerini.

Quella mattina Véronique mi aveva fatto un'ora di lezione con Hélice. Ero molto orgogliosa di aver potuto montare il miglior cavallo di Nicolas. Quest'ultima ora di lezione fu una vera e propria ricompensa per le energie spese nelle settimane appena trascorse.

Hélice era un cavallo da sogno. Con lui provai i miei primi cambi di galoppo al volo, le prime traversate e un mezzo trotto che mi fece girare la testa. Tutto questo poteva impararlo anche Won Da Pie, tuttavia non mi sarebbe stato concesso di provare quell'esperienza. Feci un sospiro. Oggi avrei cavalcato Won Da Pie per l'ultima volta, godendomi il suo galoppo pieno di slancio e sentendo il suo naso morbido! Già l'indomani sarei dovuta ripartire per la Germania. E tutto ciò che lì mi aspettava erano la scuola e il circolo ippico con un'unica ora di lezione a settimana. Mi sarebbe rimasto solo il ricordo di quell'estate meravigliosa, la più fantastica della mia vita.

Won Da Pie fece un sonoro nitrito quando attraversando il paddock gli andai incontro con la cassetta di cibo sotto braccio. Entrai nel suo box e gli detti delle carote.

«Ah, Won Da Pie!» Gli abbracciai il collo possente

e affondai il viso nel suo pelo morbido. «Mi mancherai tantissimo! Ti auguro ogni bene…»

Si girò verso di me strofinandomi il viso con il muso. Innamorata persa di lui, scoppiai a piangere. Non volevo tornare a casa! Maledii il fatto di non essere ancora adulta. In tal caso sarei rimasta lì. Niente più matematica né fisica! Il prossimo anno scolastico si sarebbe aggiunta anche chimica, così le materie orribili sarebbero salite a tre! Quanto sarebbe stato più bello poter passare tutto il giorno alle scuderie!

«Charlotte?» La voce di Véronique mi sottrasse alla mia profonda malinconia.

In fretta e furia mi asciugai le lacrime dal viso e uscii dal box.

«Potresti pulire velocemente e sellare per la passeggiata Gosse, Kébia e Caramel?» mi chiese l'istruttrice con sguardo preoccupato. «Erable si è fatto male a una zampa e devo disinfettargli la ferita».

«Certo, non c'è problema». Presi i finimenti di Gosse, pulii il grosso castrone nel suo box, lo sellai e gli misi il morso. Poi gli infilai una staffa legandola all'anello di ferro accanto alla sua mangiatoia così come faceva sempre Cécile. Dopo fu la volta di Kébia e per ultimo venne Caramel. Ero tutta sudata quando alla fine sellai anche Won Da Pie. Avevo i vestiti appiccicati addosso. L'aria umida e l'assenza di vento erano peggio del caldo torrido.

Alle sei meno un quarto arrivarono le tre turiste che

si erano prenotate per la passeggiata a cavallo: una signora inglese piuttosto robusta e due ragazze pallide che avevano appena iniziato la loro vacanza sull'isola. Le ragazze avrebbero montato Kébia e Caramel, la donna Gosse d'Irlande.

«Hai visto Thierry da qualche parte?» mi chiese Véronique venendo dall'ufficio ai box.

«No». Allacciai la cinghia della sella di Won Da Pie e lui mi dette un morso nella coscia. Un altro bel livido!

«Quel ragazzaccio...» brontolò Véronique, solitamente pacata. «Adesso non c'è nessuno che rimanga qui mentre noi siamo via! Aveva solennemente giurato a Nicolas che alle cinque e mezza al massimo sarebbe stato di nuovo qui».

Alle sei partimmo. Véronique davanti con Iseult de la Vallée, una giovane giumenta morello che montavano solo lei e Nicolas. Iseult era piuttosto ostica, ma Nicolas sosteneva che fosse da sempre uno dei suoi cavalli migliori. Dopo di lei le tre turiste, e infine io a chiudere la fila.

Anche Won Da Pie pativa il caldo opprimente. Da bravo si avviò a passo lento e briglia lunga dietro a Kébia. Ogni tanto sussultava per scacciare le zanzare sempre più insistenti. Alle saline pungevano in modo molto più aggressivo che altrove. Di sicuro oggi sarebbe arrivato un temporale.

Andammo al trotto. Quei percorsi li conoscevo ormai tutti a memoria, avendoli fatti più e più volte nelle ultime quattro settimane. Mi congedai con aria malinconica da ogni cespuglio e da ogni sasso. Al nostro passaggio il vecchio cavallo da tiro ci nitrì come sempre dal suo pascolo riarso. Sarebbe stato ancora lì l'estate prossima?

Won Da Pie si comportò in modo impeccabile. Arrivammo in spiaggia alle sette, quando ormai si era completamente svuotata. Alcuni surfisti stavano tentando la fortuna nella baia, ma non procedevano granché, perché anche qui non tirava un alito di vento. Cavalcammo lungo l'intera spiaggia di Luzéronde senza dover fare attenzione alle persone a passeggio, trottammo sulla lingua di terra e poi galoppammo fino alla spiaggia di L'Épine. Véronique procedeva sulla parte alta, dove non c'erano staccionate. Mi sembrava fosse passata un'eternità da quando avevo vinto la gara con Thierry in sella a Le Zaza, eppure risaliva a sole due settimane prima!

Quando facemmo arrampicare i nostri cavalli sudati su per le dune, si sentì in lontananza il rombo di un tuono.

«Se tornando indietro andiamo un po' al trotto riusciamo ad arrivare al club prima del temporale» disse Véronique. Però in ogni caso dovevamo percorrere al passo la via asfaltata lungo i camping.

La giumenta di Véronique cominciò a saltellare agitata. Bambini che urlavano giocando a palla, cani che abbaiavano, uomini che bagnavano i giardini... tutti rappresentavano una minaccia. Anche Won Da Pie alzò la testa tutto teso, ma io lo rassicurai con delle pacche sul collo lasciandogli la briglia lenta. Anche gli altri cavalli erano più nervosi del solito. Il sudore dei cavalli attirava zanzare e tafani come calamite, tanto che quei poveri animali erano costretti a difendersi scuotendo incessantemente la testa, dimenando la coda e drizzando il pelo.

Di colpo si alzò un gran vento e si fece buio. Folate di aria calda sollevavano nugoli di sabbia da terra. Véronique, avendo premura di rientrare al club, cominciò ad andare al trotto. A quel punto ci fu un tuono assordante. Proprio Gosse d'Irlande fece un balzo per lo spavento e partì al galoppo. Impotente, la donna inglese tirò le briglie. Véronique la raggiunse al trotto e la aiutò a riprendere il controllo del cavallo.

Ci eravamo ormai lasciate alle spalle quasi metà percorso attraverso le saline e stavamo procedendo al trotto lungo uno stretto terrapieno fra due saline ancora piene d'acqua quando un fulmine non molto distante squarciò un albero dal tronco sottile. Subito dopo ci fu il rombo di un tuono che fece tremare la terra. Won Da Pie sussultò spaventato imbizzarrendosi, ma per Gosse d'Irlande fu davvero troppo. In preda al panico si lanciò in avanti, ma su quel sentiero così stretto non c'era posto per due cavalli allineati. Avrei voluto gridare a Véronique di fare attenzione, ma le mie parole rimasero soffocate dall'ennesimo rombo di tuono. Gosse d'Irlande sbatté in pieno galoppo contro Iseult. A seguito di quel colpo inatteso la fragile giumenta morello perse l'equilibrio e inciampò. La vidi scivolare terrorizzata. Le lunghe zampe si dimenarono in aria disperatamente. Pochi attimi dopo sparì, gli occhi spalancati per la paura, portando giù con sé, nell'acqua salmastra della salina, Véronique.

LA CAVALCATA NELLA TEMPESTA

Ci fu un attimo di silenzio assoluto. Vidi i volti terrorizzati delle due ragazze su Kébia e Caramel, e sentii l'inglese gridare con insistenza: «*I'm sorry, I'm sorry!*». Nel frattempo Iseult si agitava nell'acqua come una forsennata, ma di Véronique nessuna traccia. Dopo attimi di terrore, durante i quali rimasi come paralizzata in sella a Won Da Pie, scesi con un balzo, misi in mano le briglie a una delle ragazze e corsi sul luogo dell'incidente.

Fui sollevata nel vedere Véronique che era riuscita a strisciare fuori da sotto il corpo della giumenta. Era bagnata fradicia e completamente fuori di sé dalla rabbia. Mi misi in ginocchio.

«Sei ferita?» gridai passando sopra a un altro rombo di tuono e porgendole la mano per aiutarla ad alzarsi.

«Non lo so» singhiozzò lei, afferrandomi la mano.

La tirai con tutte le mie forze per sottrarla all'acqua fangosa, ma era come provare a sradicare un tronco d'albero.

«Niente da fare!» ansimò Véronique. «Ho la gamba intrappolata!»

Iseult ora si era acquietata. La testa le usciva appena

dall'acqua, aveva froge e occhi spalancati. Aveva subito un forte shock.

«Oh Dio, e adesso che faccio?» Véronique premette la fronte sulla scarpata. «Temo di essermi rotta una gamba».

«Hai il cellulare?» domandai.

Un bagliore di speranza illuminò il volto della donna. Con la mano libera frugò sott'acqua nelle tasche del gilet e trovò in effetti il cellulare, peccato che l'acqua l'avesse rovinato. Con mia enorme delusione appresi che nessuna delle altre tre turiste ne aveva uno.

Véronique scoppiò in un pianto dirotto.

«Nicolas non c'è» sussurrò. «E se è capitato qualcosa a Iseult…»

D'un tratto seppi chiaramente cosa dovevo fare. Vedendo Véronique in lacrime e Iseult lì inerme nella salina, capii che non mi restava altra scelta. Ero l'unica in grado di muoversi in quel groviglio di sentieri, saline e mare. Dovevo rimontare a cavallo e correre immediatamente a cercare aiuto.

Intravidi una vecchia rimessa a nemmeno cinquanta metri di distanza sull'altra sponda della salina. Lì potevano intanto trovar riparo dal temporale l'inglese e le due ragazze con i cavalli. Véronique e Iseult lì a terra erano al sicuro dai fulmini. Non pensai nemmeno per una frazione di secondo a me stessa e al fatto che assieme al mio cavallo potessi essere un facile bersaglio per i fulmini.

«Vado a chiedere aiuto!» gridai a Véronique.

L'istruttrice increspò le labbra. «Non resta nient'altro da fare. Ma per l'amor del cielo, Charlotte, stai attenta!»

«Non preoccuparti per me» la tranquillizzai.

Indicai alle due ragazze e alla donna la via per raggiungere il rifugio dove si sarebbero potute riparare dal temporale in arrivo. Scesero di sella e condussero i cavalli lungo lo stretto sentiero.

Won Da Pie saltellava nervosamente quando infilai il piede nella staffa e balzai in sella. Lanciò un nitrito selvaggio e si girò su se stesso con uno scatto talmente brusco che per poco non mi fece cadere. Il cuore mi batteva all'impazzata. Won Da Pie non voleva andarsene da solo. Nitriva in direzione degli altri cavalli.

«Su, vieni!» gridai premendogli le gambe sui fianchi. «Ti scongiuro, Won Da Pie!»

Iseult giaceva immobile nell'acqua salmastra, Véronique singhiozzava rannicchiata accanto al cavallo e gli accarezzava il muso.

Quando caddero le prime pesanti gocce di pioggia, Won Da Pie si decise finalmente a obbedirmi.

Prima imboccai il sentiero per la Chèvrerie, da dove avrei telefonato, poi però mi ricordai che da quella parte l'accesso era bloccato da un'alta recinzione di rete metallica. Arrivò un fulmine, seguito subito dopo dal fragore di un tuono. I temporali a Noirmoutier erano sempre piuttosto forti.

Won Da Pie abbassò le orecchie spaventato.

«Stai calmo» dissi per tranquillizzare più me che il cavallo. «Calmo. Non è niente».

Cosa dovevo fare? Il club era troppo lontano, e poi lì non avrei trovato nessuno, e non avevo neppure il numero di telefono di un veterinario o di un dottore.

Papà e mamma! Ecco la soluzione! Dovevo correre a casa da loro!

Premetti la sella col ginocchio e svoltai a sinistra all'incrocio successivo. A quel punto cominciò a piovere a catinelle. Un violento temporale si riversò sulle nostre teste dal cielo plumbeo, trasformando in pochi istanti il duro terreno in un pantano scivoloso. Tuoni e fulmini si rincorrevano incessantemente. Chiusi gli occhi e strinsi la presa sulle briglie, ma Won Da Pie sembrava aver capito cosa stava succedendo e dunque obbediente continuò a galoppare.

«Più veloce, Won Da Pie!» lo incitai curvandomi sul suo collo. «Corri! Corri!»

Proprio lì iniziava il sentiero che passava dietro le dune, ma d'un tratto si aprì davanti a noi un ruscello impetuoso. La pioggia aveva riempito il fossato largo quasi due metri di acqua scura che scorreva impetuosa. In un modo o nell'altro dovevamo assolutamente raggiungere l'altra sponda!

Io facevo addirittura fatica a tenere gli occhi aperti, tanto pioveva forte. Won Da Pie non ebbe un attimo di esitazione. Si allungò e volammo in aria. Atterrò sull'altro lato sicuro e riprese subito a galoppare.

Avrei voluto esultare per il sollievo e la felicità. Che cavallo! Lasciai galoppare Won Da Pie sul sentiero di ghiaia. Sentivo il rumore dei suoi zoccoli, avvertivo sotto di me la sua forza e la sua energia. Sfrecciammo al galoppo accanto al camping e alle case che conoscevo da anni! Avanti, avanti così!

All'incrocio dove il sentiero si immetteva nella strada asfaltata ci venne incontro una macchina. Colsi al volo lo sguardo attonito del conducente e feci andare il cavallo al trotto, così da non farlo scivolare sull'asfalto bagnato. Finalmente eravamo arrivati al viale d'accesso alla nostra casa. Ansimante, feci rallentare Won Da Pie e osservai la villetta. Era buio pesto. Tutte e due le auto erano accanto al garage.

«Papà?» gridai.

Nessuna risposta. Ma dov'erano finiti tutti quanti? Alissa si sarebbe già messa ad abbaiare da tempo, se fosse stata lì. Stavo quasi per mettermi a piangere dalla disperazione. Poi mi ricordai che quella sera ci avevano invitato a cena i Couasnon per salutarci prima della nostra partenza. Girai il cavallo e ripercorsi la strada al trotto sotto la pioggia battente.

La casa dei Couasnon non era poi così lontana. Passando accanto alle macchine parcheggiate feci proseguire Won Da Pie al passo e infine vidi la mia famiglia e i nostri amici seduti nella terrazza coperta. La briglie bagnate mi scivolarono di mano quando feci rallentare il cavallo. Tutti balzarono in piedi sorpresi non appena mi videro e Alissa e Zora, il cane dei Couasnon, cominciarono ad abbaiare. Won Da Pie alzò la testa spaventato e si spostò di lato con un balzo.

«Charlotte!» esclamò la mamma esterrefatta. «Che succede?»

«Véronique è caduta da cavallo ed è precipitata dentro la salina!» risposi di getto. «Anche il cavallo è nella salina. Dovete chiamare un'ambulanza e un medico! Occorre un furgone e qualcuno che possa dare una mano a trasportarlo fuori dall'acqua».

«Scendi». Papà mi venne incontro sotto la pioggia, mentre Jean-Paul armeggiava con gesti convulsi al suo cellulare. I miei fratelli e i figli dei Couasnon, Olivier, Hélène e Jerôme, mi fissavano increduli.

«Non posso scendere» gridai. «Devo tornare all'incrocio della Chèvrerie, per indicare la strada ai soccorsi!»

Won Da Pie saltellava agitato. Non si era mai ritrovato in una situazione del genere prima d'ora, inoltre avvertiva il mio nervosismo. Jean-Paul una volta terminata la telefonata mi venne incontro.

«L'ambulanza sta arrivando» annunciò. «E anche il veterinario. Ho detto loro che troveranno ad aspettarli a bordo strada una ragazza a cavallo».

«Grazie!» Girai il cavallo.

«Charlotte, aspetta!» mi gridò dietro papà. «Andiamo in macchina!»

«E Won Da Pie?» replicai, e prima ancora che mi rispondesse ero già partita al trotto.

Il solo pensiero della mia famiglia che portava in giro un cavallo agitato sul prato ben rasato dei Couasnon mi fece sorridere nonostante la situazione.

I nuvoloni del temporale nel frattempo si erano allontanati, anche se continuava a cadere dal cielo color ardesia una pioggia fitta e uniforme. Percorsi la stretta strada che conduceva a casa nostra e che dopo un centinaio di metri si immetteva in un sentiero di sabbia che all'altezza della Chèvrerie sbucava direttamente sulla strada per Noirmoutier-en-l'Île.

«Speriamo che Véronique e Iseult resistano ancora un po'» bisbigliai a Won Da Pie, che girava sempre le orecchie verso di me quando gli dicevo qualcosa.

Ciac, splash, ciac, splash facevano gli zoccoli nelle pozzanghere, mentre il cuoio bagnato della sella scricchiolava. Non fossi stata tanto in pena per Véronique, sarebbe stata una gran bella avventura.

LA PIÙ GRANDE AVVENTURA DELLA MIA VITA

Fermai Won Da Pie proprio all'incrocio della torre del serbatoio idrico, dove di solito attraversavamo la strada in direzione delle saline. Ogni volta che una macchina ci sfrecciava accanto con i fari abbaglianti accesi Won Da Pie iniziava a saltellare nervosamente. Dimenava la testa spazientito e mi tirava le briglie fra le dita intirizzite.

«Vi prego, arrivate presto!» sussurrai. Non ce l'avrei fatta a tener calmo il castrone baio ancora a lungo, cominciavo inoltre a tremare sempre più a causa dei vestiti bagnati. Dal manto del cavallo si sollevavano vere e proprie nuvole di vapore. I conducenti delle auto che passavano di lì mi fissavano con tanto d'occhi.

Finalmente! Dopo qualche istante, che a me sembrò un'eternità, spuntò l'ambulanza bianca e blu in arrivo da Noirmoutier-en-Île. Mi sbracciai facendo cenno all'autista, ma fu del tutto superfluo. Non dovevano esserci chissà quante ragazze a cavallo sul ciglio della strada con quel tempo da lupi. Dietro all'ambulanza c'era una jeep con un rimorchio per cavalli: doveva essere il veterinario. Il conducente dell'ambulanza abbassò il finestrino.

«Ci arriviamo fin laggiù?» chiese.

«I sentieri sono abbastanza larghi ancora per un bel pezzo» spiegai. «Non so, però, in che condizioni siano ora con la pioggia».

«Ok, proviamo» disse l'uomo annuendo. «*Allez*, ti seguo!»

Partii al trotto. Qui i sentieri erano per lo più di ghiaia e, dopo quel temporale, più accessibili che sul lato ovest delle saline. Ogni tanto mi guardavo indietro per assicurarmi che l'ambulanza e la jeep mi stessero seguendo.

Won Da Pie sembrava sollevato di potersi finalmente muovere. Avanzò zelante al trotto mordendo il filetto.

Già da lontano vidi che Iseult era ancora sdraiata nell'acqua della salina. Véronique era invece riuscita a liberarsi. Era rannicchiata a terra, stringeva la briglia e accarezzava la testa del cavallo. Mi sembrava di esser stata via delle ore, ma da una rapida occhiata all'orologio mi resi conto che erano solo le otto e qualcosa. La mia cavalcata selvaggia non era durata nemmeno un'ora!

«Charlotte!» gridò Véronique quando mi vide. «Sei riuscita a chiamare i soccorsi?»

«Sì». Mi lasciai scivolare dalla sella. «C'è l'ambulanza, e anche il veterinario. Mi sono venuti dietro».

«Sia lodato il cielo» disse Véronique rimettendosi a piangere.

L'ambulanza si era fermata a un centinaio di metri,

mentre il veterinario con la sua jeep si spinse più avanti, quasi sul luogo esatto dell'incidente.

Mi appoggiai tutta tremante al mio cavallo. Solo un po' alla volta mi resi conto dell'impresa che avevo appena compiuto. Ero partita al galoppo senza indugiare neanche un secondo. Non avevo calcolato i rischi che correvo, né mi ero lasciata frenare dalla paura!

Won Da Pie mi dette una spintarella amichevole.

«Purtroppo qui non ho niente per te, cavallo stupendo» bisbigliai accarezzandogli il collo completamente fradicio.

La pioggia che mi rigava il viso era mista alle lacrime. Quanto sarebbe stato doloroso dirgli addio!

I sanitari adagiarono cautamente Véronique su una barella.

«Come sta il mio cavallo?» chiese lei preoccupata.

«Adesso me ne occupo io» la tranquillizzò il veterinario, un giovane abbronzato che avevo già visto una volta al club.

«Charlotte...» Véronique mi afferrò la mano, quando i sanitari mi passarono accanto. «Sei stata davvero eccezionale. Grazie. Credi di poter riaccompagnare le altre a casa?»

«Ma certo». Riuscii a farle un sorriso rassicurante. «Non preoccuparti, ok?»

«Ok». Aveva il volto pallido rigato di lacrime. «Spero solo che a Iseult non sia successo nulla di grave».

I sanitari la caricarono sull'ambulanza.

Il veterinario aveva portato due giovani con sé, che strinsero il posteriore della giumenta con una corda, mentre lui si era calato in acqua fino alla vita per accertarsi della condizione delle zampe dell'animale.

«Niente di rotto!» annunciò trionfante, e per poco non mi cedettero le ginocchia dal sollievo.

I due giovani dapprima tirarono la corda, poi, visto che i loro sforzi erano stati vani, si diressero verso il rimorchio per cavalli e lo staccarono. Uno di loro fece marcia indietro con la jeep fino al punto in cui Iseult giaceva in acqua e l'altro legò la corda al gancio del rimorchio. Quello che stava al volante piano piano dette gas. Il cavallo venne su centimetro dopo centimetro finché non fece un balzo e si rimise in piedi sul terreno. Il veterinario controllò ancora una volta le zampe della giumenta facendola spostare prima in avanti e poi indietro.

«Ha subito solo un forte shock» disse. «Così a occhio, direi che non si è fatta niente. È stata fortunata ad atterrare nel fango, ne ha attutito la caduta».

Nel frattempo i suoi aiutanti avevano riagganciato il rimorchio alla jeep e vi avevano caricato sopra Iseult.

«Non me la sento di tornare indietro a cavallo» disse la donna inglese. Lei e le due ragazze si erano allontanate con i cavalli dal riparo dove le avevo lasciate. «Mi dia un passaggio, per favore».

«Nessun problema» disse il veterinario.

A quel punto venne caricato sul rimorchio anche

Gosse d'Irlande. La donna si affrettò a salire sulla jeep senza degnarci nemmeno di uno sguardo, come se avesse temuto di venir additata come la principale responsabile dell'accaduto. Entrambe le ragazze rimontarono in sella quando la jeep ripartì.

Rientrammo al club sotto una fitta pioggerellina. Le due ragazze mi chiesero stupite come avessi fatto a tornare indietro così velocemente con i soccorsi. Detti loro una risposta laconica. Non mi capacitavo neppure io. Tutte e due rimasero fortemente impressionate quando scoprirono che non ero un membro del club, ero semplicemente lì in vacanza come loro. Dopo quell'avventura sarebbero tornate a prenotare un'altra passeggiata a cavallo? Chissà, ma la cosa non mi riguardava.

Il cielo si rischiarò e, poco prima che arrivassimo a destinazione, il sole al tramonto aveva fatto capolino con i suoi timidi raggi. L'asfalto bagnato luccicava ed emanava vapore, la pioggia aveva lavato via la polvere dalle case, dalle auto e dagli alberi. Tutto era luccicante e allegro come se niente fosse successo.

Il fuoristrada del veterinario era già nel cortile quando arrivammo. Vidi Thierry davanti al box aperto di Iseult. Le due ragazze scesero di sella. All'improvviso avevano fretta di andarsene e mi piantarono in asso con i loro cavalli.

Thierry mi raggiunse. Non l'avevo mai visto prima con un'aria così colpevole e con la coda tra le gambe.

Senza dire una parola mi prese di mano Kébia e Caramel. Forse era felice di potersi rendere utile.

Io portai Won Da Pie nel suo box, gli tolsi il filetto e la sella e gli asciugai il pelo bagnato con la paglia. Alla fine gli versai nella mangiatoia una porzione extra di avena. Oggi se l'era proprio meritata.

«Sei il migliore» gli sussurrai. «E questa è stata davvero l'avventura più eccitante di tutta la mia vita. Non la dimenticherò mai».

Il cavallo mi lanciò un'occhiata con i suoi grandi occhi scuri, dandomi con il naso delle spintarelle amichevoli come per dire: "Tutto a posto".

Uscii dal box e andai da Iseult. Il veterinario aveva attaccato la giumenta alla flebo per farla riprendere dallo shock. In quel momento nel cortile si udì il rimbombo del grande camion adibito al trasporto dei cavalli che di solito veniva parcheggiato sempre dietro il fienile.

«Oddio, ecco che arriva lo zio Nicolas» disse Thierry. «Adesso chissà cosa succede».

«Perché?» gli chiesi. «È stato un incidente, non è colpa di nessuno».

«Avrei dovuto uscire anch'io con voi a cavallo». Thierry abbassò la testa. «Glielo avevo promesso. Invece sono andato a fare surf, c'erano delle onde da sballo. E anche per questo sono nei guai. Fare surf col temporale è molto pericoloso. Sono proprio un idiota».

Quella franchezza inattesa mi mise terribilmente a disagio.

«Sei stata molto coraggiosa ad andare in cerca di aiuto». Thierry mi lanciò uno sguardo incerto, con la testa china: della sua boria iniziale più nessuna traccia.

«Cos'altro avrei potuto fare?» replicai. «Il cellulare di Véronique non funzionava e io ero l'unica a conoscere l'isola».

«A ogni modo sei stata grande».

I nostri sguardi imbarazzati si incrociarono e io avvertii un leggero formicolio alla pancia. In fondo per me era importante che mi riconoscesse dei meriti. La cosa mi rendeva felice. E triste al tempo stesso, perché solo ora che le nostre quattro settimane di vacanza stavano per finire mi ero resa conto che lui mi piaceva. Ero sul punto di dire qualcosa di carino a Thierry quando Nicolas avanzò nel paddock a grandi passi, seguito da Sophie, Cécile e Rémy.

«Che succede qui?» gridò Nicolas preoccupato. «Che hai, Charlotte? E dov'è Véronique?»

Gli feci un breve resoconto dell'accaduto. Sophie e Rémy ascoltarono spaventati. Nicolas sbiancò e si rivolse a Thierry.

«E tu dov'eri?» domandò conciso al ragazzo. «Non ti avevo chiesto di accompagnarle?»

«Io… ecco… ehm…» Thierry diventò rosso come un peperone e abbassò lo sguardo.

«Mi verrebbe voglia di rispedirti subito a casa!» lo aggredì Nicolas. «Questo è il culmine dell'irresponsabilità! Poi io e te parliamo a quattr'occhi!»

Detto ciò, si diresse di corsa al box di Iseult. Parlò col veterinario, poi salì in macchina per andare in ospedale da Véronique.

«Davvero sei andata da sola al galoppo nel bel mezzo del temporale a cercare aiuto?» chiese Sophie incredula. «E non hai avuto paura?»

«No, a dire il vero non ne ho avuta». Feci spallucce. «Non ho avuto neanche il tempo di pensarci».

«Ragazza coraggiosa». Rémy mi dette una pacca sulla spalla in segno di apprezzamento. «Hai fegato!»

Davanti all'ufficio si fermò l'auto dei miei genitori. Scesero papà e Jean-Paul. Erano venuti a prendermi.

«Charlotte…» Thierry mi posò a un tratto la mano su un braccio e io ebbi un sussulto. «Mi… mi dispiace averti chiamata "sacco di patate"». Con quell'espressione contrita era davvero dolce.

«Vabbè, un po' dispiace anche a me averti preso in giro davanti ai tuoi amici» replicai con un sorriso.

«Cosa?» Sophie spalancò gli occhi. «Sul serio? Non ne sapevo nulla!»

«Non è che tu debba sapere sempre tutto, sorellina». Ora anche Thierry sorrise. «E comunque, Charlotte, sei stata davvero forte».

Infine ci alzammo e, con grande naturalezza, ci sorridemmo.

«Amici?» Thierry mi tese la mano e me la strinse.

«Amici» confermai.

«Peccato che domani tu debba tornare a casa» disse.

«Sì, un vero peccato. Mi avrebbe fatto piacere batterti ancora».

Papà e Jean-Paul si avvicinarono e chiesero com'era finita l'avventura.

«Posso trattenermi ancora un po' e aspettare che Nicolas torni dall'ospedale?» chiesi a mio padre.

«Partiamo domattina presto» disse papà. «Ora devi venire a metterti qualcosa di asciutto, altrimenti ti prendi una polmonite».

Annuii, congedandomi dai miei amici e trascinandomi fino alla macchina. Per fortuna era già buio. Non volevo che Thierry e Sophie notassero le mie lacrime.

IL MIO CAVALLO WON DA PIE

Mi sedetti sul sedile posteriore dell'auto e appoggiai la fronte rovente al finestrino fresco. Won Da Pie! Senza un attimo di esitazione o timore si era lanciato oltre il fosso, aveva galoppato sotto la pioggia battente e non mi aveva piantato in asso. E io non avevo avuto paura, non avevo pensato neppure per un istante ai rischi e ai pericoli che stavo correndo.

In passato mi spaventavo per qualunque cosa: prima di un salto o di una cavalcata non riuscivo neanche a pranzare; le volte in cui il signor Kessler mi aveva assegnato Farina, Flocki oppure Hanko mi ero dovuta trattenere dal tornarmene immediatamente a casa. Mentre Dorothee mi camminava accanto spensierata quando andavamo alla scuderia, io avevo sempre le ginocchia che mi cedevano e lo stomaco sottosopra. Negli ultimi tre anni, in effetti, avevo sempre avuto paura prima di cavalcare.

Quell'estate con Nicolas, Véronique, i loro cavalli, primo fra tutti Won Da Pie, aveva cambiato ogni cosa. Ero riuscita a guadagnarmi la fiducia di un cavallo spaventato e diffidente. Nicolas aveva creduto in me, la piccola Charlotte Steinberg della classe dei principianti del venerdì ore tre, dandomi la possibilità di montare Won Da Pie e gli altri cavalli della sua scuderia nonostante fossi caduta più di una volta. Grazie a lui avevo ritrovato fiducia in me stessa e ora ero più coraggiosa. Nelle ultime quattro settimane con Nicolas avevo imparato che prendere lezioni di equitazione significava molto di più che girare in cerchio con poca convinzione una volta a settimana. Per imparare a cavalcare bisognava avere spirito di abnegazione, volontà di conseguire a tutti i costi un obiettivo, passione per i cavalli, padronanza del proprio corpo e nessun timore delle sconfitte.

La ricompensa per averne preso atto fu la mia cavalcata con Won Da Pie nel bel mezzo del temporale. La cosa più importante per me non era l'essere andata a cercare soccorsi. Ciò che più mi rendeva orgogliosa era l'aver domato il cavallo senza paura. Won Da Pie l'aveva sentito, per questo aveva obbedito lottando al mio fianco.

Accennai un sorriso. Quella era la mia più grande vittoria. La vittoria sulle mie paure.

Papà si fermò davanti al vialetto di accesso a casa Couasnon per far scendere Jean-Paul.

«Buonanotte alla nostra eroina». Jean-Paul mi fece l'occhiolino e sorrise. Mi sforzai di ricambiare, per quanto avessi molta più voglia di piangere. Perché trovare il cavallo dei miei sogni proprio lì, così distante da casa? Era perfettamente inutile!

Poco dopo arrivammo a casa nostra. Alissa ci venne incontro scodinzolando, seguita dai miei fratelli desiderosi di conoscere ogni particolare. D'un tratto godevo di quell'ammirazione che avevo sempre sognato, ma con mio grande stupore mi resi conto che, in fin dei conti, non era più così importante.

Feci la doccia, indossai vestiti puliti e asciutti e mi sedetti a tavola. Mi faceva male dappertutto, soprattutto la schiena e le braccia. Pur avendo cavalcato molto nelle ultime settimane, fare chilometri al gran galoppo era tutt'altra cosa.

Venni subito circondata dalla mia famiglia impaziente di conoscere i dettagli della mia avventura, e iniziai a mangiare di gusto la paella che Josiane Couasnon aveva messo da parte per me. Appena ebbi finito, mi apprestai a soddisfare la loro curiosità. Avrei preferito di gran lunga andarmene subito a letto. Come facevo a esprimere a parole quello che era stato soprattutto un sentimento? Chi non abbia mai provato cosa significa sentirsi una cosa sola con un cavallo non può capire certe sensazioni. Mi era capitato spesso di sentire la forza di volontà di un cavallo, mai però un cavallo si era affidato a me come aveva fatto oggi Won Da Pie.

Raccontai alla mia famiglia in poche parole come si era verificato l'incidente e perché ero corsa via al galoppo in cerca di aiuto.

«Incredibile!» Persino Phil era molto colpito. «Ora sì

che avrai qualcosa da raccontare quando tornerai alla scuderia del circolo».

«Tanto non mi crederà nessuno» replicai con un velo di amarezza.

«E perché non dovrebbero?» chiesero mamma e papà stupiti.

Feci spallucce. I miei genitori a volte erano di un'ingenuità a dir poco imbarazzante, e questo mi stupiva in particolare di papà, che in quanto consigliere e politico avrebbe dovuto avere una certa familiarità con gli intrighi e le macchinazioni. Evidentemente i miei davano per scontato che al circolo ippico ci fossero prevalentemente ragazzi che andavano sempre d'accordo e si volevano bene come una grande famiglia. Quanto si sbagliavano! Magari fosse stato davvero così! Si trattava, al contrario, di un ambiente molto competitivo, dove nessuno dava niente per niente e dove ognuno cercava a tutti i costi di primeggiare sull'altro.

Anche all'interno del nostro gruppetto di amici c'era una rivalità spietata. Una volta Inga aveva raccontato di una sua vacanza in un maneggio e delle avventure vissute con i cavalli e la gente del posto. Nessuno le aveva creduto; io stessa avevo messo in dubbio le parole della mia amica e, a sua insaputa, con Dorothee, Oliver e Karsten l'avevamo presa in giro.

No, di sicuro al circolo non avrei raccontato nulla di Won Da Pie e della mia cavalcata avventurosa! D'un tratto sentii un nodo alla gola e mi alzai di scatto.

«Vado a letto» dissi con voce strozzata. «Sono stanchissima».

In quel momento Alissa, distesa sul tappeto davanti al camino, cominciò a ringhiare. Una macchina stava risalendo il vialetto di accesso.

«Chi può essere a quest'ora?» Papà si alzò e andò alla porta.

Quando il motore si spense, sentimmo sbattere due portiere. Poi si udì un rumore di passi sulla ghiaia davanti alla terrazza.

«*Bonsoir*».

Riconobbi la voce profonda di Nicolas, e il cuore prese a battermi forte per l'emozione.

«Perdoni il disturbo a quest'ora tarda» disse a papà. «Torniamo ora dall'ospedale e volevamo ringraziare ancora una volta Charlotte».

«Entrate pure» rispose papà invitandoli ad accomodarsi in soggiorno.

«Véronique!» Balzai in piedi e corsi da lei. «Come stai?»

L'istruttrice sorrise appena. Aveva una fasciatura al ginocchio destro e qualche escoriazione sul volto.

«Nella sfortuna ho avuto fortuna» mi disse. «Non ho nulla di rotto. Ho uno stiramento ai legamenti del ginocchio, tutto qua. Fra qualche giorno sarò di nuovo in forma».

La mamma li salutò invitandoli anche lei ad accomodarsi. Cathrin e Flori si alzarono dalle loro sedie per far posto agli ospiti e andarono a sedersi sulla cornice del caminetto.

«Possiamo offrirvi un bicchiere di vino?» domandò papà prendendo due bicchieri freschi dal frigorifero.

Nicolas sorrise leggendo l'etichetta della bottiglia di vino sul tavolo. «Non dico di no».

«Nemmeno io» aggiunse Véronique. «Dopo una giornata come questa!»

Dopo che papà ebbe versato il vino e tutti gli adulti ne ebbero bevuto un sorso, Nicolas si schiarì la voce e mi guardò. Io non facevo altro che scivolare avanti e indietro sulla sedia. Ero agitata.

«Volevamo ringraziarti, Charlotte» disse l'istruttore con aria grave. «Hai agito in modo rapido e corretto. Chissà cosa sarebbe successo se Iseult avesse dovuto rimanere in acqua ancora a lungo. Così se l'è cavata giusto con qualche ematoma e un gran spavento. Hai corso dei grossi rischi. Grazie al cielo non ti è successo niente».

«Nessun problema» balbettai imbarazzata. «Il grosso del lavoro lo ha fatto Won Da Pie. È stato davvero eccezionale».

«Sì, e proprio di lui volevamo parlarti». Véronique e Nicolas si scambiarono un'occhiata. «Mentre eravamo di strada ci è venuta un'idea in proposito».

Deglutii. Sorseggiando il loro vino, i miei genitori aspettavano incuriositi cosa avesse da dire l'istruttore.

«Dillo tu». Véronique guardò suo marito.

«Bene». Nicolas sorseggiò un altro po' di vino e si guardò intorno. «Nelle ultime settimane Charlotte si è guadagnata i favori di quel cavallo. Io l'avevo comprato da un mio amico esperto di salto a ostacoli senza sapere che evidentemente era passato di mano in mano e che a causa del suo temperamento non sempre era stato trattato bene. È un animale difficile. Charlotte è riuscita con pazienza e dedizione a recuperare la sua fiducia negli uomini. Se ne è presa cura, lo ha cavalcato e infine ha superato con lui anche questa disavventura».

Nicolas mi sorrise.

«Mmm» disse poi. «Won Da Pie – come Charlotte lo ha battezzato – è sprecato per il nostro club. È troppo sensibile per venir montato di continuo da persone sempre diverse, che magari non sanno neppure andare a cavallo… Io e Véronique abbiamo pensato di rivenderlo».

Io me ne stavo lì seduta in preda al terrore e incredula al tempo stesso. Volevano venderlo! In che mani sarebbe finito Won Da Pie?

«Charlotte ci ha raccontato del cavallo di cui si occupava in Germania» prese ora la parola Véronique, sorridendomi. «Vorremmo venderti Won Da Pie, se i tuoi genitori sono d'accordo».

In quel momento calò un silenzio di tomba. L'orologio a pendolo accanto al camino batté le undici. Trattenni il fiato. Sicuramente stavo solo sognando! I miei genitori si guardarono. Non sembravano particolarmente sorpresi.

«Era tanto che meditavamo di comprare un cavallo a Charlotte» disse infine papà. «In realtà volevamo aspettare un altro anno o due, per capire se nel frattempo avrebbe continuato a coltivare questa sua passione. Penso però che abbia già ampiamente dimostrato di essere entusiasta e affidabile. Ovviamente non deve costarci una fortuna».

Restai a bocca aperta.

«Il cavallo lo abbiamo pagato quattromila euro» replicò Nicolas. «Pur essendo di ottimo lignaggio, è ancora giovane e inesperto. Mi accontenterei di riprendere quanto ho speso».

Quattromila euro! Lo avrei potuto pagare anche da sola con i miei risparmi!

«Che ne pensi?» disse papà rivolto alla mamma.

«Penso che dovremmo chiedere a Charlotte» rispose la mamma. «Dopotutto è lei che deve occuparsi del cavallo. Non possiamo farlo noi. Se vuole il cavallo, allora…»

Il resto della frase si perse nella mia esultanza. Balzai in piedi talmente di scatto che la sedia cadde a terra con un tonfo. Alissa prese ad abbaiare. Gettai le braccia al collo della mamma e stavolta piansi di gioia. Anche Phil si degnò di sorridere, Cathrin e Flori si misero a ballarmi intorno tutti eccitati. Abbracciai i miei fratelli, papà e poi Véronique.

«Con te starà bene». Fece una smorfia di dolore quando la strinsi forte a me. «Ahi, le mie povere costole!»

Non riuscivo a crederci! I miei genitori mi stavano comprando Won Da Pie!

Nicolas e Véronique sorridevano, i miei fratelli sghignazzavano e papà e Nicolas siglarono la compravendita del cavallo con una stretta di mano.

«Philipp,» disse papà a mio fratello maggiore «prendi la bottiglia di champagne dal frigo. Qui ci vuole un bel brindisi per festeggiare. In fondo non capita tutti i giorni di comprare un cavallo».

«Be', se puoi ancora permetterti di bere champagne...» fu la battuta di Phil, alla quale tutti risero.

Mio fratello tornò con la bottiglia, papà l'aprì sparando il tappo contro il soffitto.

«Possiamo tornare solo un momento da lui?» chiesi.

«Domani». La mamma riempì i bicchieri. Persino a me e a Phil toccò un sorso di champagne per festeggiare.

«Al nuovo membro della famiglia». Papà alzò il bicchiere, e noi dopo di lui. «A... com'è che si chiama?»

«Won Da Pie» dissi orgogliosa. «È un nome che non si dimentica tanto facilmente».

«Ammesso si riesca a memorizzarlo...» replicò Flori, e tutti brindammo.

LA VITA È BELLA!

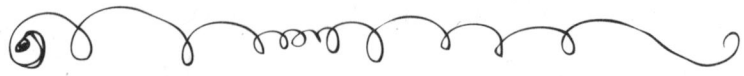

Quando mi svegliai, la luce del mattino filtrava dalle fessure delle persiane disegnando dei motivi sulle mattonelle gialle del pavimento. I miei vestiti erano sparsi un po' dappertutto. Dovetti far mente locale per ricordarmi quanto accaduto il giorno prima. No, non avevo sognato! Won Da Pie era mio! Papà e Nicolas si erano dati la mano, siglando così l'affare. Quella notte pensavo che non mi sarei mai addormentata, tanto ero felice ed emozionata. Ed eccomi ora qui, con lo sguardo al soffitto a meditare in tutta calma sulla portata di quell'acquisto.

Won Da Pie sarebbe approdato in un box della scuderia del circolo. Da allora in poi, di colpo, da allieva insignificante sarei stata annoverata tra le fila dei pensionanti, con tutti i privilegi che questo comportava. Mi avrebbero dato un armadietto tutto mio e una chiave per il magazzino. Avrei avuto la possibilità di cavalcare tutti i giorni! Avrei partecipato alle lezioni di dressage e salto, ma avrei anche cavalcato semplicemente su pista, se mi fosse andato più a genio. Non avrei più dovuto arrabbiarmi di continuo con Hanko, Farina o Flocki!

Galoppavo con la fantasia incontro al futuro: corsi

di equitazione, tornei! Già immaginavo gli sguardi invidiosi degli altri quando io e Won Da Pie saremmo stati travolti dal successo. Avrei potuto mettermi a gridare dalla gioia!

Avrei comprato al mio cavallo il più bel filetto, la sella migliore, il sottosella più morbido e i gambali più sicuri. Won Da Pie doveva essere il cavallo più straordinario dell'intera scuderia.

Non vedevo l'ora di arrivare al club. Io, papà, Cathrin e Flori andammo per prima cosa in banca a Noirmoutier, dove i miei genitori avevano un conto. Proprio davanti alla banca papà tirò fuori il cellulare e mi chiese il numero di telefono dell'ufficio del circolo che io conoscevo a memoria. Il signor Kessler rispose subito e a un tratto ebbi paura. Cosa avrei fatto se alla scuderia non avessero avuto un box libero? Papà parlò qualche minuto con l'istruttore e fece un'espressione felice quando infine terminò la chiamata.

«Allora?» Lo fissai impaziente.

«Won Da Pie avrà il box di Gento» disse papà. «Il signor Kessler ti manda i suoi saluti e si congratula. Mi ha chiesto se doveva già anticipare qualcosa a qualcuno, ma io gli ho risposto che certamente avresti preferito fare una sorpresa ai tuoi amici».

«Oh, sì!» Avrei voluto chiamare subito Dorothee, ma il mio credito non era sufficiente. E papà voleva conservarne un po' per eventuali emergenze durante il viaggio di ritorno in Germania, nel caso avessimo avuto necessità di telefonare.

Finalmente proseguimmo per il club. Quando arrivammo scorgemmo subito Véronique che, col ginocchio fasciato, se ne stava su una sedia a sdraio al sole dietro i box.

«Buongiorno!» esclamò salutandoci con la mano.

«Ciao, Véronique!» dissi correndo subito da Won Da Pie. Il castrone baio allungò la testa sopra la porta inferiore del box e fece un nitrito.

«Sentite?» Risi, accarezzando felice il naso morbido del cavallo. «Mi conosce benissimo!»

«Così pare». Papà annuì colpito.

Misi la briglia a Won Da Pie e con grande orgoglio lo feci uscire dal box. Il mio cavallo. Possedevo un cavallo!

«Tu ancora non lo sai, tesoro mio». Gli misi le braccia intorno al collo. «Ma da ieri sera appartieni a me. Ti aspetta ora un lungo viaggio, poi starai con me in Germania. Per sempre».

Impaziente, il castrone si liberò dalla mia stretta e cercò qualche leccornia nelle mie tasche. I miei fratelli lo osservavano a distanza di sicurezza. Nel frattempo era spuntato Nicolas. Lui e papà andarono in ufficio a regolare la vendita. Quando tornarono più tardi nella scuderia Nicolas mi porse una busta logora.

«Ci sono dentro i documenti di nascita, il certificato di vaccinazione e un certificato di buona salute del veterinario. L'ho fatto visitare prima di comprarlo. È sanissimo. Ti darà tante soddisfazioni, vedrai, e imparerai molto con lui».

«Lo penso anch'io». All'improvviso provai una forte nostalgia. Mi ero trovata molto bene al club con Nicolas, Véronique, Rémy, Cécile, Sophie, e sì, persino con Thierry. Erano tutti lì a salutarmi. Li avrei mai rivisti?

«Charlotte, dobbiamo andare» disse papà dando un'occhiata all'orologio.

Riportai Won Da Pie nel suo box. Quattro giorni dopo lo avrebbero trasportato da Nantes fino a casa nostra. Nicolas aveva promesso di provvedere a tutti i preparativi per il viaggio e poi di chiamarci. Lui e papà si erano scambiati i numeri di telefono e gli indirizzi.

Salutai il mio cavallo, poi Sophie, Cécile e Rémy.

«Dobbiamo assolutamente restare in contatto» propose Véronique dandomi un bacio su entrambe le guance. «Magari ci rivediamo l'estate prossima».

«A ogni modo scrivici per farci sapere come state tu e Won Da Pie, d'accordo?» Nicolas mi strinse la mano e poi mi abbracciò con fare affettuoso. «Sono molto fiero di te, Charlotte. E sono sicurissimo che diventerai una brava cavallerizza. Ne hai la stoffa. Se dovessi trovarti in difficoltà, mi raccomando, non mollare per nessuna ragione. Ok?»

«Ok» sussurrai commossa. «E grazie. Per tutto. Qui da voi è stato… è stato semplicemente stupendo».

Sentii salirmi di nuovo le lacrime agli occhi. Gli

addii erano tremendi, anche ora che mi sarei portata a casa il miglior cavallo del mondo. In quelle ultime settimane il club con il suo staff era stata la mia seconda famiglia, non li avrei mai dimenticati.

«*Au revoir*» disse Thierry dandomi anche lui due baci, come si usa in Francia. «Mi annoierò a morte senza di te».

«Adesso non ti resta più nessuno da prendere in giro» risposi ridacchiando.

«E nessuno che mi batta al galoppo» ora fu la volta di Thierry a ridacchiare. «Vieni a trovarci a Parigi. Anche al Bois de Boulogne si cavalca magnificamente».

«Certo». Sapevo che quella sua risata mi sarebbe mancata. «Senz'altro».

Un ultimo sguardo e poi, con un macigno sul cuore, seguii papà e i miei fratelli fino alla macchina. Loro erano già saliti e io stavo giusto aprendo la portiera quando qualcuno mi chiamò.

«Charlotte! Aspetta!»

Mi voltai stupita. Thierry mi venne incontro correndo attraverso il paddock.

«Io... ehm...» Si frugò nella tasca dei pantaloni e con mia enorme sorpresa tirò fuori un biglietto da visita sgualcito. «Questi sono il mio numero di cellulare e il mio indirizzo email. E poi sono anche su Facebook. Magari... magari restiamo in contatto. Ok?»

«Gra... grazie» balbettai meravigliata.

Lui sorrise imbarazzato.

«Ci rivedremo, promesso?» disse.

Annuii, e a quel punto mi strinse a sé qualche istante. Mi girò la testa e sentii le farfalle nello stomaco quando mi lasciò. Guardai per l'ultima volta i suoi occhi azzurri.

«*A bientôt*, Charlotte!» tagliò corto.

«*A bientôt!*» sussurrai.

Quando salii in macchina gli occhi mi bruciavano per le lacrime, mi tremavano le gambe ed ero completamente stordita. Abbassai il finestrino. Won Da Pie e gli altri cavalli guardavano dai loro box verso l'altra parte del paddock, dove avevo trascorso così tanto tempo. Nicolas, Véronique, Cécile, Rémy e Sophie avevano seguito Thierry. Erano davanti all'ufficio, vederli mi spezzò il cuore tanto mi ero affezionata a tutti loro. Quanto mi sarebbero mancati!

Li salutai con la mano e loro ricambiarono fin quando papà non svoltò nella strada di campagna e il club scomparve dalla nostra vista.

Quante volte avevo percorso quella strada in bicicletta! Ne conoscevo ogni siepe, ogni cartello stradale, ogni cespuglio e ogni albero. Ora quel periodo straordinario era finito. Mi asciugai le lacrime. Ma nonostante la tristezza di quell'addio, non era la fine. Anzi, era l'inizio. L'inizio di una nuova vita. Con Won Da Pie.

INDICE